O tempo das coisas

Maria Bitarello

O tempo das coisas

Maria Bitarello

Crônicas
2018

In Media Res

Projeto gráfico e diagramação: Hannah 23

Ilustração da capa: Letícia Coura

Revisão: Lohan Lage Pignone

Foto da autora: Igor Marotti

Dados Internacionais de Catalogação na Publicação (CIP)

B624t

Bitarello, Maria, 1982-

O tempo das coisas / Maria Bitarello- 1ª edição – Nova Friburgo - RJ:

InMediaRes, 2018

128 p.

ISBN: 978-85-96016-04-1

1.Literatura brasileira. 2. Crônicas. I. Título

CDU 821.134.3(81)-94 CDD: 869.4

Educatoris Instituto de Educação Multidisciplinar Ltda

Rua Abdo Abi-Ramia, 81

28630-090 - Nova Friburgo – RJ

www.inmediares.com.br

para Bia, minha mãe,

que me ensinou que a alegria é a prova dos 9

memento mori

SUMÁRIO

A vida noturna é um rito de passagem •11

O zen e o mindinho quebrado •15

É sempre hoje •19

A arte de morrer •23

Coma o que te faz feliz •27

Trabalho não é emprego •31

O fetiche do igual •35

O tempo das coisas •39

Pelo direito a não ter carreira alguma •43

Você tem medo de quê? •47

A introversão e a solidão alegre •51

Minimalismo contra o capitalismo •55

Bicicleta *lifestyle* •61

A contação de histórias digital •65

A cura peripatética •69

Dos hábitos da leitura •73

Uma mulher, Dot Fisher-Smith •77
Fotografando mulheres •81
Banhista na Paulista •85
Literatura é coisa de mulher •89
Vamos falar sobre o que ninguém quer falar •93
Você é fofa? •97
Tony Soprano e a tradição crioula dos expatriados •101
Antonio Candido •105
Devaneios paulistanos sobre a cultura do olhar •109
Crianças mimadas, adultos tiranos •113
Tecnologia e tecnofobia •117
Karma-Cola •121
Agradecimentos •125

A VIDA NOTURNA É UM RITO DE PASSAGEM

Convenhamos: a vida cotidiana de um humano de classe média, no século 21, em ambientes urbanos é, na maior parte do tempo, previsível e ordinária. Não estou aqui pleiteando que não haja glória nas pequenas alegrias do dia a dia. Sou uma entusiasta da hora de ir dormir lendo um livro, de sentir o cheiro do café de manhã (ou de tarde, dependendo da sua rotina), de ir à feira sob o sol de inverno, de andar de bicicleta na ciclovia da Paulista, de ouvir o barulho da rolha saindo da garrafa de vinho (suspiros). Mas e os momentos épicos? As reviravoltas na trama? O imprevisível e o improviso? As soluções engenhosas pra problemas inesperados?

Essas são as exceções de nossas vidas, as que viram histórias, contos, causas, crônicas, aventuras pra se contar pros amigos na mesa do bar. E a gente as cultiva com deleite nas gavetas mais luxuosas da memória. O dia em que perdeu o voo e dormiu no aeroporto. Quando o pneu do carro furou na chuva, a gasolina acabou e a bateria arreou, ao mesmo tempo. O acidente de bicicleta. O assalto relâmpago. A caganeira na hora errada.

E nesse rol de acontecimentos, todo meu apreço vai pras façanhas noturnas. Pros perrengues passados nas madrugadas da vida, de bar em bar. De garrafa em garrafa. De cigarro em

1.

cigarro. De pessoas insólitas a situações absurdas. De coragens tiradas não sei de onde. De amassos bem dados em banheiros imundos. De vômitos forçados. De encontros embriagados com a polícia. De faltas de alternativas pra voltar pra casa. De dinheiro que acaba, cartão que não passa, caixa eletrônico que não funciona. De sapato, celular e chave de casa perdidos. De xixis feitos na rua, atrás do carro. De transações escusas realizadas com sujeitos insuspeitos. De noites que viram dias que viram noites que viram dias. De carnavais, viradas culturais, segundas-feiras inconspícuas, etílicos réveillons e domingos salvadores da semana. De epifanias esquecidas no dia seguinte.

A riqueza da vida noturna depende, em parte, do tédio que move cada um. Pra quem cresceu numa cidade de porte pequeno pra médio no interior de Minas, como eu, motivos abundavam pra se encher a cara e sonhar com dias mais gloriosos em cidades mais estimulantes onde, pensava eu, a vida noturna seria ainda mais promissora. E por um lado é mesmo. São Paulo, onde moro há alguns anos, tem uma noite daquelas bem danadas. Só que meus melhores companheiros de odisseias noturnas continuaram sendo os mineiros. Lá, constato, o tédio que movia minha etílica turminha mineira era maior. A fome, e a sede, eram maiores. E isso resultava em cachaçadas espetaculares. A gente não tinha onde gastar toda aquela energia juvenil. Era do bar pra casa de alguém, pra loja de conveniência do posto de gasolina, pra padaria, pra outro bar.

Boemia é coisa séria em Minas. Somos profissionais. Beber, pra nós, é um esporte de resistência. Uma maratona; nada de 100m rasos. O importante é resistir e sobreviver às muitas curvas, aos altos e baixos do percurso, utilizando-se dos entorpecentes ou aditivos que estiverem à mão – da alegria à pinga. E a gente reconhece os comparsas à primeira vista, no primeiro copo de cerveja. Rola aquele brilho nos olhos ao perceber, no outro, o mesmo potencial pra bagaceira. Uma vocação pra lama, pro caos.

Porque uma noite épica, sabemos, não pede glamour. Nem drinks chiques, boate bacanuda ou bandinha hype. Só entusiasmo. Gente animada a beber e a continuar bebendo. Gente disposta a encarar o que for – de pé quebrado a carro roubado. Gente que adia o nascer do novo dia. As madrugadas são nossa selva contemporânea. O lugar onde vivem os monstros e também os espíritos encantados da floresta. Onde vivemos grandes descobertas; e horrores também. Amalgamados na criação da memória, elas viram uma parábola – geralmente cômica – em que rimos de nós mesmos.

Não sei como é crescer sem a ilíada noturna. Acredito verdadeiramente que esses ritos festivos são cruciais pra nossa formação. Pois é na noite – a terra de ninguém do temido "cidadão de bem", o buraco escuro da família brasileira – que os problemas que só podem advir de quem a frequenta emergem e, consequentemente, é nela onde se revela o potencial criativo de cada um pra resolvê-los. Grandes amizades começam na madrugada. O verdadeiro caráter – e também a falta dele – se torna transparente uma vez que a dignidade é zerada pelo avançar das horas e o acúmulo de copos. E essa riqueza de experiências deve começar na adolescência a fim de alcançar seu potencial máximo na vida adulta.

Ali não tem pai nem mãe. Não tem professor, vizinho. Só a galera. E a alegria, o vigor e o tesão de viver que nascem dessa intimidade vivida em bando nas madrugadas equivalem, na minha cabeça urbana de século 21, aos ritos tribais tradicionais em que os meninos são levados pro meio do mato sozinhos pra matarem a fera à unha. Dá uma força danada. Viramos gente mais esperta, sagaz. Aguçamos e afiamos o *streetwise*, a sabedoria de rua. E isso, minha gente, é muitíssimo importante. Sobretudo pra que não viremos adultos bocós.

No entanto, adulto bocó é o que não falta. Gente que não viveu isso na adolescência e juventude. Criança de apartamento, cheia de cuidados e proteção. Sobretudo nas cidades grandes. Uma moçada que não saiu sozinha, que frequentou mais shopping que bar. Galera que era sempre buscada pelos pais e que, portanto, nunca dormiu numa rodoviária de cidade pequena. Gente que não aprendeu a se virar. Se você for pai ou mãe, proponho que deixe sua cria recém-crescida se jogar e se estrepar por aí. Se não já viu: adulto bocó ela será. E ninguém quer isso pra sua prole.

Hoje, contudo, preciso confessar: escrevo essas linhas às 23h30 de uma sexta-feira, de pijamas. Ouço a cidade rugir pela janela. A Praça Roosevelt está logo ali, quase ao alcance do olhar. Da desvairada pauliceia, só tenho mesmo as memórias daquela festa na Duque de Caxias ano passado e da última terça de carnaval. Mas como a gente até sai de Minas, mas Minas nunca sai da gente, não prometo nada. Tem mais uma garrafa de vinho embaixo da pia.

Moral da história: quem não bebe não vê o mundo girar.

O ZEN E O MINDINHO QUEBRADO

Um tempo atrás, quebrei o dedo do pé. Uma bobeira. Uma topada. E nada grave. Uma fratura e pronto. E essa pequena pedra no caminho – quebrar o dedo mindinho, menor impossível – se mostrou um inconveniente surpreendente. O desequilíbrio provocado pela impossibilidade de usar uma parte do pé pra se apoiar é real, concreto, e também mental. Subitamente, é preciso rearranjar pequenas e grandes ações cotidianas, aquelas sobre as quais nem se reflete – como mudar de posição na cama ou calçar os chinelos. Agora, todas as ações motoras levam em conta esse toquinho no canto do pé. Não posso executar tarefas até então dadas como banais, como apertar o pedal da embreagem do carro. De maneira compulsória, o cotidiano ficou mais zen e *mindful,* com as atenções plenamente voltadas pra cada ação. É bom e ruim. Nem bom nem ruim.

As limitações, pequenas e grandes, reversíveis ou não, aparecem a vida toda. Fraturamos, luxamos, distendemos, inchamos, inflamamos, sofremos. O corpo é forte e frágil, às vezes se quebra, e envelhece sempre, o tempo todo. Um bebê se recupera de uma lesão com velocidade Wolverine; um velho, não. E a falha do corpo, aqui e acolá, é um fato com o qual é melhor aprender a lidar e sacar, cedo ou tarde, que não dá pra controlar. Certas

2.

limitações, como a minha, são um aborrecimento passageiro. Outras, irreversíveis, requerem atenção e ajustes constantes. Viver as pequenas e grandes limitações dá um desânimo e, por essa razão mesma, maior é o desafio de manter a mente quieta, a espinha ereta, o coração tranquilo. Sentir dor drena força vital da nossa alma. Pode arruinar o bom humor. E aí, minha gente, não há bem-estar que renasça. Alegria é cura.

Então, já que o repouso é compulsório, esse dia a dia mais *tai chi chuan* pode trazer *insights* resultantes do deslocamento de perspectiva. Eu não tinha consciência, por exemplo, das contrações e distensões dedais que pratico dormindo. Nem do quão importante o mindinho é pra fazer a garra com os dedos no chão molhado do boxe, durante o banho. A afinação delicada do corpo à nossa mente e *anima* equilibra-se numa harmonia preciosa e frágil. Dos ossos às vísceras, da pele às unhas e cabelos, dos músculos, tendões, ligamentos e cartilagens ao sistema sanguíneo. Emoções, sensações, intuições, raciocínios. É como uma orquestra mesmo, a metáfora não existe sem razão. Basta o desajuste de um oboé (ou de um mindinho) pra desandar a sinfonia inteira. E, no entanto, quando tudo flui bem, a beleza é de parar o coração. Como a respiração tranquila de quem dorme profundamente.

Fiquei pensando nas contusões, fiéis companheiras de todo atleta e artista. Lembro de um comentarista em época de Olimpíadas dizendo que um dos fatores determinantes pra superioridade do nadador americano Michael Phelps sobre outros é sua capacidade de recuperação e descanso. Que isso, mais do que se imagina, é vital pro êxito de um atleta profissional. Em paralelo, lembrei-me também de entrevistar uma bailarina do Grupo Corpo, dez anos atrás, e de ela dizer que fora as 6 a 8 horas diárias de ensaio, o restante do seu dia era dedicado a minimizar os danos provocados pela dança em suas articulações. Sofria de todas as "ites" e "oses", como me disse na época.

Quando criança, eu achava que seria atleta. A modalidade mudava de acordo com a idade e a atividade favorita do momento, mas não a paixão pela utilização do corpo de forma ativa e a necessidade de explorar seus limites. Necessidade mesmo. Passei por anos de ballet, natação, tênis, capoeira, futebol até chegar ao yoga, que hoje me cai muito bem. Confesso que sigo tendo verdadeira adoração por quem modela e desdobra o corpo com a plasticidade de uma dançarina ou por quem modula as sutilezas da voz e transforma o sopro em música cantada. Só o corpo, só a voz, sem ferramentas.

Minhas limitações físicas de cada dia – da simples falta de aptidão pro handebol às inflamações repetidas no joelho – foram e vêm se acumulando, se alternando, se metamorfoseando. Ao longo dos anos, meu foco infantil foi mudando do músculo da coxa pras falanges dos dedos, quando passei a me dedicar a escalas pentatônicas e dedilhados de cordas. A divagação do espírito que se instaurou em decorrência da desaceleração forçada do corpo – "senta aí, menina, fica quieta e veja o que acontece", me dizia um demônio indesejado atrás da orelha – flanou do violão pros livros, da câmera fotográfica pro cinema, da cozinha pra escrita. O movimento foi gradual, natural, mas não sem dor de perda. E, quando em vez, voltam essas memórias afetivas, que sinto no corpo mesmo. Não fossem essas limitações, talvez eu já tivesse morrido num acidente de asa-delta ou me quebrado muito mais na bicicleta. Talvez não escrevesse.

Quebrar esse dedo me deprime e me enche de vida. Faz lembrar que não sou só ideias, só éter. Que tenho um corpo; que sou um corpo. E ele é falível e maravilhoso.

2.

É SEMPRE HOJE

Robert Pirsig abre o posfácio da edição que eu tenho do livro *Zen e a arte de manutenção de motocicletas* contando que, na Grécia Antiga, a noção de tempo era a inversa da que conhecemos hoje no Ocidente. Ou seja, caminha-se pro futuro de costas, pois o futuro é desconhecido. E o passado está à nossa frente, aquilo que podemos ver. Não sei você, mas eu acho essa percepção do tempo bem mais fidedigna ao que experimentamos empiricamente na vida, do que a ideia de que o futuro está adiante e o passado, atrás. Do passado sabemos – ao menos uma parte –, embora a memória seja uma faculdade criativa sempre em construção, alterando sem cessar nossa percepção do que passou. E o futuro, quem sabe dele?

Nós, humanos, passamos uma grandíssima parte de nosso precioso e finito tempo ocupados com um ou com outro. E o presente nos escapa. É dele que falam religiões e canções. Elusivo, é quase uma abstração. E, no entanto, é tudo o que há, de verdade. Passado e futuro é que são intangíveis e fazem parte do mesmo presente. Minhas projeções sobre o que ainda vem e minhas reminiscências do que já foi é que são intangíveis e, ao mesmo tempo, fazem parte do mesmo presente. Então é como o Zé Celso costuma dizer, é sempre hoje.

Na crônica *Lições de bichos e coisas,* Rubem Alves diz, muito

3.

melhor do que eu poderia explicar, que o mal-estar da civilização do qual sofremos é uma doença humana da qual os bichos não sofrem. Transcrevo aqui um trecho: "[*Os bichos*] Sofrem, pois não existe vida sem sofrimento. Mas sofrem sempre como se deve, quando o sofrimento vem, na hora certa, e não por antecipação. Saber sofrer é uma lição difícil de aprender. Se o terrível nos golpeia e não sofremos, algo está errado. (...) Pois como não chorar, se o destino nos faz sangrar? Se não choramos é porque o coração está doente, perdeu a capacidade de sentir. Mas sofrer fora de hora é doença também, permitir-se ser cortado por golpes que ainda não aconteceram e que só existem como fantasmas da imaginação. (...) Os animais sabem sofrer. Nós não. Somos prisioneiros da ansiedade. Pois ansiedade é isto: sofrer fora de hora, por um golpe que, por enquanto, só existe no futuro que imaginamos (...) Sofremos pelo futuro e, por isso, não podemos colher as modestas mas reais alegrias que o presente nos oferece".

Bonito isso, né?

Nossa inaptidão pro presente, como sabemos, nos traz desconfortos que são, antes de tudo, espirituais. E com razão. Ficar com a cabeça lá na frente é um desassossego, o que chamamos de ansiedade. E viver preso no passado, remoendo e cultivando fantasmas, o tal do ressentimento (re-sentir, sentir de novo). E o que há no meio, dizem, é a libertação, o que Buda alcançou. O que se arranha momentaneamente, apenas, através de uma música, de um espetáculo de teatro, de uma prática de yoga, de um salto de asa-delta, de um bloco de carnaval, de um orgasmo. Não ansiar nem ressentir. Só estar. É sublime. E passageiro.

Entre o passado e o futuro, acho mais sofrida a dedicação de tempo e energia ao futuro. O pensamento sempre dinâmico, pezinhos que não param de balançar, pelinhas em volta das unhas que vão sendo arrancadas com os dentes, gastrites e, em estágios mais avançados, falta de ar, ataques de pânico. O passado, visto que já foi vivido, nos dá um pequeno alento pois é território livre pra criações da fantasia, mas com o bônus de não nos pregar mais surpresas como o futuro. Há o risco do remorso e do arrependimento, mas em cima dos fatos vividos podemos construir narrativas. E logo, ficções. É a partir delas que forjamos nossa identidade, nossa história, quem somos.

Kierkegaard diz que "A vida só pode ser compreendida olhando-se para trás, mas só pode ser vivida olhando-se para frente". Talvez por isso eu escreva, pra dar algum sentido pra bagunça que vejo na minha frente, ou seja, no passado, enquanto caminho pro futuro de costas, como os gregos. Tentando não torcer por maravilhosas surpresas nem temer o inesperado tenebroso. Pois, em teoria, sabemos que nenhum dos dois será o presente real, quando o presente chegar. Sabemos que os devaneios são muito melhores e também muito piores. E viver essa sabedoria na carne é nossa terrena finalidade nessa humana aventura.

3.

A ARTE DE MORRER

Um dos momentos mais importantes em *Bacantes*, na montagem do Teatro Oficina a partir do texto de Eurípedes, é o estraçalhamento do corpo de Penteu. Um ato indissociável da entrega de Penteu a seu fim. De certa forma, é a consumação da tragédia. É a compreensão e aceitação do antagonista de seu papel nela. A cena é violenta e bela. Desse ritual de morte, todos são convidados a participar. Primeiro, do estraçalhamento, depois, do banquete onde Penteu será comido pelas bacantes, pelos tebanos, por todos nós; o momento da festa. Assim como todos ali presentes, Penteu percebe a situação em que se encontra, reconhece o inescapável – a morte, ali, pelas mãos delas – e abre os braços. Não resiste. Recebe. E morre.

Em dezembro, antes do fim da temporada de *Bacantes*, voltei a Varanasi, na Índia – a mais importante das cidades sagradas hindus e uma das mais antigas do mundo – e me lembrei o quão insípidos são os rituais de morte em muitas culturas. Dentre elas a nossa, a católica, no Brasil: o velório, o enterro, a missa de sétimo dia. E o que tanto me toca nas cremações em Varanasi é a participação ativa dos familiares no ritual de despedida do ente morto e, por fim, de destruição de seu corpo, nosso veículo de sensações e emoções em vida. Não vou aqui entrar nas questões patriarcais do hinduísmo e no desconfortável fato de

4.

as mulheres não poderem participar desses rituais fúnebres – esse será assunto pra outro dia, outro texto.

Acredito que viver plenamente os ritos de morte nos liberta pra vida. Privados da catarse e do luto, podemos passar a vida arrastando caixões, apegados ao que foi e não é mais. No fundo, cada morte é uma nova bifurcação no caminho onde podemos reafirmar, aqui e agora, nosso compromisso com a vida, com os vivos. E as cremações em Varanasi ritualizam essa decisão interior numa ação muito importante. Ao final de tudo, depois dos dias de preparação do corpo, luto da família, choro e cantos toados em coro, purificação nas águas sagradas do Rio Ganges, depois da pira, das toras de madeira, das cinzas e dos ossos jogados ao rio, depois de tudo, tudo mesmo, o protagonista da cerimônia (dependendo de quem morreu, pode ser o filho primogênito, o filho caçula) joga atrás de si um jarro com as águas do Ganges, por cima do ombro, sobre as brasas finais do fogo fúnebre.

E pronto. Ele segue, sem olhar pra trás. Pra não prender o morto aqui entre os vivos, pra deixá-lo atravessar o portal aberto ali em Varanasi. E assim, nós também, os vivos, não carregamos fantasmas. Cada um segue em seu respectivo reino, cada qual do seu lado do portal. Até chegar nossa vez de fazer a passagem. E quando essa hora chegar, nós também mereceremos uma travessia sem rabo preso. É preciso, portanto, saber morrer, mas também deixar morrer. Existe um livro muito bonito sobre essa arte, *O livro tibetano do viver e do morrer*, de Sogyal Rinpoche, cuja leitura eu recomendo. Uma vez que a morte é natural e inevitável, preparar-se pra ela não é mórbido, mas sadio. Tanto pra sua quanto pra dos demais. Com sorte, penso eu, dependendo de como formos, poderemos participar ativamente dessa última e absoluta experiência da vida.

.4

Se você for à Índia, não deixe de conhecer Varanasi. Mesmo. Uma cidade inteira que adora Shiva, o deus da destruição e, logo, do renascimento, da transformação. As águas do Ganges, o rio sagrado do hinduísmo que na mitologia nasce dos cabelos de Shiva, podem oscilar em até 70m de altura, foi o que me informaram. Durante as monções, a cidade é invadida pelas águas e não se vê os degraus dos *ghats* à beira rio e que decoram toda a margem da cidade antiga. Quando expostos, os degraus são cheios de vida e de morte. As cremações em Manikarnika Ghat ardem sem cessar, a todas as horas do dia e da noite, todos os dias do ano, até 200, 300 corpos por dia. Do barco ali ao lado, ao nascer do sol, vemos os peregrinos que vêm se banhar em busca de *moksha,* a libertação do ciclo de reencarnações. Aos poucos chegam os lavadores de roupas. Crianças. Pássaros. Cachorros. Vacas, muitas vacas. *Sadhus,* os monges ascetas. Vida, morte, excrementos, tudo junto. É de uma intensidade que eu ainda não encontrei paralelo em outro lugar. E é maravilhoso.

Andando pelo *ghat,* um *sadhu* sinaliza pra eu me sentar a seu lado. Aceito o convite. Ele aponta pra mim, levanta dois dedos no ar, depois pro chão. *Você, segunda vez, Varanasi.* Eu concordo com a cabeça, balançando-a com malemolência, de um lado pro outro, como se faz na Índia. Na sequência, aponto pra minha têmpora e depois pra ele. *Eu me lembro de você,* digo com mímicas. E lembro mesmo. Fotografei-o na minha última vinda. Ele fumava um baseadão sentado numa das estreitas ruelas da cidade, naquela época encharcadas.

Ali, à beira do rio, ele me oferece outro baseado. *Ganja,* diz. Digo que não com a cabeça e mostro meu tabaco convencional. Duas crianças estão sentadas a seu lado, um menino e uma

4.

menina. Ele segue meu olhar na direção delas, olha de volta pra mim. Seu olhar é penetrante e surpreendentemente generoso – os *sadhus* não são sempre gentis. Em volta do pescoço, dezenas de penduricalhos com caveiras, japamalas, cores laranja, amarelo. Muitas pulseiras e anéis. Ele fuma seu baseado sem pressa; me fita entre tragadas. A testa pintada com as listras cinzas, de adoração a Shiva. Os pés descalços dobrados sobre as coxas. Uma bolsa a tiracolo que ele me mostra: *no home.* Sem casa, mora na rua, com as crianças, ele aponta. Não me pede dinheiro. Eu aponto pra elas e pra ele, perguntando com o olhar: *são seus filhos?* Ele concorda com a balançada indiana lateral de cabeça. *Mama, finish. Only baba.* Diz sem lamento, sem súplica, sem drama. Olhar calmo, como o das crianças. Ele levanta as duas mãos pro alto, no gesto de adoração a Shiva, indicando que a mãe não está mais aqui.

É isso. Mamãe, acabou. Só papai. E tudo bem esquecer, superar e até ser feliz de novo; é inevitável. Hoje, eu bem que ando acreditando que participar do ato de destruição do corpo da pessoa que se vai é uma etapa crucial dessa virada. Que só depois dela pode haver festa. E o rito festivo ou a festa ritualizada é o que se vive em Varanasi. É o que vivemos no teatro.

COMA O QUE TE FAZ FELIZ

Meu pai cozinha muito bem. De origem italiana, comida pra ele tem que ser em abundância, com longo tempo de preparo – regada a cerveja no processo – e com carne. Se não tiver carne, pra ele é lanche. E preparar uma refeição é sua maneira de demonstrar amor. Gosta de cozinhar em casa, na sua e na de amigos, cercado de pessoas queridas. Sempre adiando o fim da preparação, porque o preparo é que é o deleite, a sagração. A casa se enchendo de cheiros, a cozinha esquentando. E na hora de servir, ele próprio, muitas vezes, não come. Seu alimento é o afeto. Mas observa – e delicia-se e alimenta-se em observar – as primeiras bocadas dos convidados; filhas, amigos. E não o faz em silêncio, mas com expressões visuais e sonoras de prazer, pedindo comprovação verbal do gozo. Não te deixa sair da mesa sem repetir, e da casa, sem levar uma marmita pra mais tarde. Uma mistura de Minas com Itália e com ele próprio. É uma tradição, mas também uma singularidade sua.

Já eu não como muita carne. Não sou vegetariana, só não sou muito chegada. Não como com frequência e, quando como, não consigo ingerir muita quantidade. Minha digestão não é das melhores, e os filés espessos e sangrentos da preferência do meu pai estão no topo da lista de dificuldades de processamento pelo meu corpo. Não herdei isso dele, aparentemente. Não sinto falta da carne no cotidiano alimentar, mas meu corpo parece que sim, beirando uma anemia. Percebo que quanto menos dela eu como, mais difícil fica sua digestão, então mantenho as vísceras minimamente habituadas pra que não percam a capacidade de fazê-la. E ativo minhas enzimas gástricas pra que trabalhem ativamente em situações em que são requisitadas, como nos almoços do meu pai. Recebo e como, com gosto, o presente que é uma refeição preparada com afeto. Isso é o que importa de verdade. Não o número de calorias. Não vou virar uma mega-carnívora por causa disso, não é da minha natureza. E assim deixo-a estar.

Acho que o caminho é por aí. Cada corpo é de um jeito. Há quem não se dê bem com lactose, quem não curta muito açúcar, quem ame os alimentos amargos. Além disso, cada um também tem uma sensibilidade ao desconforto digestivo. Há quem não repare muito nisso; e também os com digestão de pato, os que mal comeram e já metabolizaram. E, no extremo oposto, os constipados. O ideal, penso eu, é o equilíbrio entre necessidade e vontade, cuidado e deleite. Sim, coma suas fibras diárias pra ter um intestino alegre e funcional. Coma de tudo um pouco. Mas também coma o que te faz feliz. Mesmo que as tabelas nutricionais do momento te digam o contrário. As tabelas mudam, assim como os paladares. O que te agrada hoje pode deixar de fazê-lo daqui uns anos, e o vilão nutricional um dia deixa de sê-lo. Então, cuidado com a alimentação, *pero no mucho*, senão fica tudo muito chato e com gosto de barrinha de cereal – uma coisinha insossa.

Sobretudo quando a alma pedir nutrientes, dê a ela o que ela pede. Carboidratos, por exemplo. Quase todo mundo gosta.

É bom demais. Como viver sem pão de queijo, arroz e macarrão? Se você está de dieta e cortou os carboidratos por um tempo, ok. Mas depois – se não tiver intolerância a glúten –, volte pra luz. *A gente não quer só comer, a gente quer prazer pra aliviar a dor.* Carboidratos fazem carinho no seu espírito. Se, por outro lado, está tendo fissura em laranjas, se esbalde. Seu metabolismo está pedindo algum nutriente que ela tem. Pode ser chocolate também. Sobretudo no frio. Chocolate é um abraço de cacau. E, na dúvida, misture sua intuição à sua cultura e tradição. Aqui no Brasil, terra da macaxeira – alimento milagroso que vira mil e uma coisas dependendo de como for preparado, base da alimentação dos povos indígenas, que vêm aperfeiçoando seu preparo há milhares de anos –, por que você deixaria de comer tapioca, farofa e mandioca?

E tão importante quanto a comida gostosa é a sua preparação. Prepare sua comida pra você mesmo, sozinho. Pros amigos. Pros amores. Arrisque-se na cozinha e prolongue o prazer de cada refeição pensando nela antes, elaborando, indo à feira e ao mercado e, no fim de tudo, criando aquele maravilhoso mexidão com o que sobrou. Tenho pra mim que o mexidão é um dos maiores orgulhos da nossa culinária – a arte de fazer uma refeição com o que houver. Sou fã.

E é meio que isso. Não tem muito mistério. Mais vale a intuição que o intelecto. Ninguém sabe melhor que você o que te faz bem. O que te alegra, o que te deixa saciado, nutrido e sem flatulências. Confie no seu corpinho que ele sabe o que faz. Virar vegetariano, depois vegano, depois... (não sei o que vem) não é uma escala à qual você precisa se adequar pra ser uma pessoa melhor. Não ignoro a brutalidade do agronegócio, muito menos descarto a política por trás do que comemos. Só não acho que o proselitismo alimentar é o caminho. Comer de três em três horas, ou fazer só três refeições ao dia? Lacto-vegetarianismo ou dieta do paleolítico? Só comida crua ou massa em todas as refeições, como fazem os magrelos, saudáveis e longevos italianos? *To drink or not to drink, that is the question.*

É só você viajar que a resposta pra cada uma dessas perguntas será diferente. E aí quem vai te dizer o que te cai melhor? Confie na biologia. E no seu prazer. Escute sua natureza. Siga o que te faz salivar. E se viajar de fato, encontre suas respostas empiricamente. Coma de tudo. Sem frescura. Tudo bem se passar mal depois. Devore a vida. Não há melhor modo de aprender. Comer é uma forma de amar.

6.

TRABALHO NÃO É EMPREGO

Outro dia fui ouvir uma fala do escritor, crítico e professor da Unicamp, Eduardo Sterzi, na livraria/biblioteca/espaço cultural Tapera Taperá, na Galeria Metrópole, no centro de São Paulo, sobre antropofagia e o *modus vivendi* ameríndio a partir de fotografias do antropólogo Eduardo Viveiros de Castro. E me saltou aos ouvidos quando ele disse que na cultura indígena o descanso e a atividade se misturam. Um índio molda seu arco ou cuida do fogo deitado na rede. Ele descansa o corpo, embora esteja propriamente ocupado com uma tarefa. Me identifiquei na hora. Tenho como posição favorita pra escrever aquela em que deito na cama, coloco uma pilha de travesseiros sob a cabeça e descanso o computador em cima da barriga. Delícia. E sou muito produtiva nessa posição aparentemente anti-anatômica pra escrita. A escrita que é uma atividade, um trabalho.

E trabalho não é emprego. Cada um trabalha de um jeito, cada qual com seu ritmo interno, suas manias, e cada tipo de atividade segue uma toada. Pra se ensaiar, por exemplo, é bom ir ao encontro do cansaço, ser atravessada por ele e permanecer ali, insistente, porque ele desarma o superego e abre avenidas pra criação. Já pra tradução e pra escrita, as pausas são respiros essenciais. Enquanto se vai regar a planta já encharcada que não precisa de mais água – mas fazer o que, cada um procrastina à sua maneira –, surge uma palavra mágica e brilhante, logo acima da sua cabeça. É só agarrá-la e colá-la na página. E, com a soma desses intervalos, a casa vai ficando limpa, contas são pagas, almoços preparados, roupas lavadas. E a mente recebendo novos estalos. Eu acho maravilhoso trabalhar dessa forma que me parece vital aos artistas. E suspeito que todo mundo seria mais feliz assim. É mais orgânico e, aparentemente, vem de nossa ancestralidade ameríndia. Não há pressa, mas também não há tempo perdido.

Emprego é outra coisa. Uma jornada construída, imposta e reproduzida praticamente pra todas as profissões. A hora é certa e demarcada, com ponto batido; isolada do resto da vida. É exatamente o contrário do que Sterzi mostrou sobre os ameríndios. E também o contrário do trabalho que não é *job,* onde tudo se mistura. Nessa espécie de linha de produção nada fordista, as horas de produtividade seguem outra lógica. Você pode render melhor de manhã ou de madrugada, sentada ou deitada, em silêncio ou no barulho, vestida ou pelada. Lógica essa em que o dito ócio é fundamental e, no meu caso, nem mesmo questionado. É sagrado. Artistas, intelectuais, artesãos seguem essa batida. Você pode até criar por horas a fio, mas não se bate ponto. Certos dias serão dedicados à leitura, ao devaneio, ao passeio, à possibilidade da visita surpreendente e sempre bem-vinda de um *insight*. Pra isso, é preciso saber parar, resistir à tentação da ética protestante e do espírito do capitalismo. Fazer nada não é inação.

Minha palavra favorita do dicionário pernambuquês é a janja. Não sei o quão difundida essa expressão é, de fato, em Pernambuco, mas foi a colônia pernambucana e artística de

São Paulo que me passou seus mistérios e delícias. A janja, substantivo, tem também sua consorte verbal, janjar. E janjar é fazer nada. É um hedonismo sobre o qual os mineiros parecem já ter nascido sabidos. Duas ou mais pessoas que dominem esse o(fí)cio podem fazê-lo em dupla, em grupo. E quando se topa, é vital que se entre nessa de coração e tempo abertos. A janja não tem regras, nem hora pra acabar. Os únicos preceitos são o deleite e a fluidez. Uma joia por vezes disponível apenas porque falta trabalho e dinheiro entre uma atividade e outra. E como a janja não tem custos, só há benefícios a se colher. Janja-se em qualquer parte, a qualquer hora. Pijamas são bem-vindos, cochilos também. Cafés com bolo no meio da tarde. Filmes vistos em sequência madrugada adentro. Trechos de livros lidos e largados. Dias que viram noites que viram dias que viram noites. Nascem músicas, florescem amizades e amores. É simples, mas não banal.

Segundo um amigo escritor, o mundo é movido por preguiçosos: somos nós, ele diz, que encontramos atalhos pras tarefas, criamos estratagemas pra acabarmos uma atividade e irmos ao encontro da janja. Saber que ela te aguarda ao fim daquele trabalho, daquele texto, daquela temporada é o elixir que te mantém potente. A janja pode ser só um diazinho aí no meio, uma tarde. Mas sem o domínio dessa arte milenar, não se transforma esse hiato laboral em deleite. As horas se perdem; ou pior, ocupam-se todas elas com outras atividades: a tirania da utilitarização das horas livres. Que canseira.

Num país que vê seus índios como indolentes e artistas como vagabundos, é preciso voltar-se justamente pra eles pra se reaprender a parar e simplesmente estar. Nem um nem o outro se desligam completamente de suas atividades – não há essa separação. Na fala do Sterzi, ele lembra que numa aldeia todos têm muito o que fazer, a vida não para, não se pode parar. Aqui, na selva paulistana, os artistas também trabalham sem cessar – lembre-se, trabalho não é emprego. Ou se está obcecada com o trabalho do momento; ou ansiosa nos intervalos entre eles; ou inventando outros porque não há dinheiro. Porque se existe um preço a ser pago nessa maravilhosa vida mais livre é a inconstância financeira. E é aí que a janja entra em ação, como tática de sobrevivência da alma.

Em momentos de dúvida, procuro me lembrar do que diz o mitólogo Joseph Campbell: "Siga a sua alegria, e o mundo abrirá portas para você onde antes só havia paredes (...). Quando nos deixamos guiar pela alegria, nos posicionamos num tipo de caminho que sempre esteve ali, à nossa espera, e vivemos exatamente a vida que deveríamos estar vivendo". Quando a fé começar a vacilar, não se desespere. O melhor é deitar na rede e ler *Macunaíma*, do Mário de Andrade. Porque brincar é coisa séria.

O FETICHE DO IGUAL

Há uns anos ouvi um podcast de rádio americana, não me lembro mais qual, em que o entrevistado daquele dia comentava que o fator determinante da pobreza – econômica, não de espírito – é a possibilidade de escolha. O pobre, dizia o entrevistado que também o era, muito mais do que carecer de coisas, pertences, bens, é privado de escolhas, de alternativas. E, salvo as exceções que sempre existem, a vida lhe impõe um caminho, muitas vezes sem bifurcações no percurso. O que o dinheiro compra, portanto, segundo o tal entrevistado, são escolhas. Fiquei pensando sobre isso muito tempo. Claro que se trata de uma dentre tantas formas possíveis de interpretação e que, decerto, é limitada. Mas vamos seguir nessa via, limitada que seja. Porque acho que ela traz *insights*.

De acordo com esse raciocínio de pobreza, por menor que possa ser minha identificação com essa classe amorfa chamada de média, de fato, é dela que eu vim. Eu cresci num lar de classe média. Tive oportunidades de escolhas. Muitas. Como a de ter uma infância e crescer na hora em que estava pronta pra crescer; a de estudar, o que e onde fazê-lo; as de viajar, trabalhar, aprender línguas, música, esportes, conhecer culturas diferentes, ser exposta à leitura, às artes; a de votar; a de não virar, cedo demais, nem esposa nem mãe; a de me relacionar com quem

7.

meu coração eleger; a de mudar de ideia, voltar atrás, andar pra frente, jogar tudo pro alto e começar de novo; a de viver da forma que é verdadeira pra mim. E isso é ouro. Alguns diriam que não tem preço, mas se isso fosse verdade, todos teriam um pouquinho pra si. O que sabemos não ser o caso.

As escolhas às quais tive acesso não estão disponíveis a todos e me foram concedidas, em grandíssima medida, devido à classe social à qual pertenço. Eu as tive porque outra pessoa não as teve. É uma lei básica e perversa do capitalismo. Ao mesmo tempo, a classe média não é só uma fatia social; é uma cultura também. E uma das características formadoras dessa classe cultural é o medo. A classe média é apavorada. Tem medo de perder suas regalias disfarçadas de segurança e estabilidade. Ela paralisa sua vida em função desse medo. Segrega. Empurra o diferente pra longe. Vota mal. Não quer pretos nas escolas dos filhos brancos. Nem a boca no fim da rua. Tem medo do flanelinha que cuida dos carros. Da puta. De sair do carro, de andar na rua. Acha que a riqueza máxima será, um dia, se separar do convívio com os pobres.

É uma cultura pobre de espírito. Chata. A ela pertencem a moral e os bons costumes. Vive de aparências e acha isso chique. E se tudo isso te parece apenas medíocre e inofensivo, não se engane: há garras e dentes. Pois é nela, na classe média, que é feita a engorda do ódio. É ela que legitima atrocidades. Movida pelo pavor, a classe média é capaz de qualquer coisa pra manter erguidas as barras que a aprisionam dentro do apartamento, enjaulada; dentro do carro, atrás de vidros blindados; dentro do bairro, onde todos são iguais. A personagem infantil de *Pessoas sublimes*, peça que vi há umas semanas n'Os Satyros, em São Paulo, não sai de casa porque "lá fora é muito perigoso". E já viu o que faz um bicho em perigo, acuado? Ele morde. Ele ataca.

Essa noção da classe média apavorada não é minha; a tomei emprestada do documentário *A opinião pública,* do Arnaldo Jabor, lançado em 1967. Vale a pena assistir. Prometo que não tem nada a ver com o Jabor da Globo. É um registro das mudanças sociais pelas quais o Brasil passava na década de 1960. Uma época semelhante à de agora, quando um momento de abertura foi nocauteado por uma tenebrosa onda conservadora. Esse "medo" do qual fala Jabor nasce do que Marcia Tiburi chama de "fetiche do igual", outra expressão que tomo emprestada – dessa vez do último romance dela, *Uma fuga perfeita é sem volta,* que estou acabando de ler. Os adeptos desse fetiche "amam o igual porque, na vida, só o que querem ver é espelho. O espelho que certifica que existem. Onde não há espelho, as pessoas põem ódio".

O ódio. A força de uma classe média apavorada movida por ele, quando nas mãos da pessoa errada, pode ser monumental. A massa de manobra em que se transforma pode varrer uma sociedade, pode matar. E uma classe média assustada é tudo o que a direita mais aprecia e melhor sabe usar. Ela vai instigar ainda mais esse ódio que vem do medo, que por sua vez vem da não compreensão do diferente. Se a classe média brasileira não for sacudida de seu torpor, temos exemplos históricos palpáveis que mostram pra onde esse discurso pode descambar. E a memória precisa ser exercitada, sempre, pra que a história não se repita.

Evitar repetições é o que um paciente encontra na análise. É o que se alcança com uma epifania. Com um momento de iluminação. Perceber essas repetições e fazer o furo, não reproduzi-las mecanicamente, liberta. Porque aí, sim, há escolha. E em tempos de uma classe média que bateu tantas

7.

panelas nas janelas – a imagem própria do desespero –, não parece haver escolha, mas mera reprodução. Por isso, em meio a essa embriaguez burguesa (classista, racista, machista, fascista), será preciso muita riqueza de espírito interior pra despertar do transe e exercitar a capacidade de discernimento. Pra perceber as bifurcações no caminho, as opções de desvio que existem, sempre.

Suspeito eu que a maneira de vê-las é olhar pro outro, pro diferente e, ao mesmo tempo, pra dentro – sem medo. Porque, no fundo, é a mesma coisa. Reconhecer o diferente é um ato íntimo. E só daí sairá algo novo.

O TEMPO DAS COISAS

> "Nosso século, que tanto fala de economia, é um esbanjador: esbanja o mais precioso, o espírito."
>
> *FRIEDRICH NIETZSCHE*

Quando você vai preparar um chá, tem o tempo de fervura da água, o momento da infusão, a espera pelo resfriamento e só então a ingestão da bebida. Não dá pra mudar a ordem dos fatores nem o tempo que cada um deles demanda. A água só vai ferver a 100ºC, a erva precisa de alguns minutinhos na água quente pra ser infundida e se você não esperar esfriar vai queimar a língua. As coisas têm seu tempo. E embora os tempos hoje sejam de afobação, o chá ainda toma o tempo que toma pra ficar pronto. E tudo indica que vai continuar sendo assim. Saber disso, no corpo e na alma, é o que eu chamo de sabedoria.

Anos atrás, escrevi o prefácio do livro *Homo sapiens erectus,* do Ulisses Belleigoli, uma coletânea de contos escritos ao longo de 15 anos – quase metade da vida do autor.E há menos de um ano escrevi também a orelha do livro *Então é isso?!* (Giostri), da Letícia Coura, uma coletânea de contos eróticos, esses escritos ao longo de duas décadas – também quase metade da vida dela.

A paciência deles age como uma decantação literária. E ela me fala dessa sabedoria de deixar as coisas quararem ao sol.

8.

Quarar – palavra que provavelmente vem do Tupi, *kwara'sy*, a deidade sol – quer dizer clarear ou fazer mudar de cor pela exposição ao sol. Um processo demorado, de espera, que não pode ser acelerado. Uma alquimia, onde um elemento sob efeito de outro se transforma.

Escrever também é assim. Tem um tempo próprio. Jornadas são feitas às águas profundas, entremeadas de retornos à superfície pra respirar, acompanhadas da manufatura – dar forma aos achados. Depurar e refinar, destilar e fermentar, coar e aglutinar. Repousar. É como fazer queijo. Fazer cachaça. Repouso é parte do processo. Tem tempo de prateleira, pro queijo curtir, e tem tempo de barril, pra cachaça se impregnar da madeira. Palavra também tem tempo de página. Folha, tempo de gaveta. Como os furos que aeram o queijo. De vez em quando tem que mudar ele – o queijo, o texto – de posição. Provar uma beiradinha. Depois esperar. E só provar de novo quando você já for uma pessoa diferente.

Ulisses e Letícia sabem do tempo das coisas. Uma sabedoria que, em seus trabalhos, tem cara de teimosia e pinta de obsessão. Uma resiliência afetiva adquirida graças à convivência com seus anjos e demônios, com suas manias, com suas obras – sempre em construção. E uma capacidade que eu hoje chamaria de sobre-humana de resistir à facilmente realizável tentação de verbo-agir, de "postar" e diluir *insights*, no ato, em banalidades. Em espectro diametralmente oposto à postagem, essa banalização da inspiração, está a criação artística, que é o cultivo de uma pequena epifania. *Insight* é fagulha; trabalho vem depois. A engorda do caldo, que vira a obra, só se dá com teimosia.

Ulisses e Letícia são mineiros. E quem é de Minas sabe um pouco desse tempo das coisas, instintivamente. Nós, do interior, temos outro tempo mesmo. Outra forma de cultivar o deleite, de fruir do prazer. Outra atenção dada ao ócio. Ao jeito de se fazer as coisas. Ao tempo dedicado ao outro, à comida, à conversa fiada. A fala tem outro ritmo. Outros gestos. E o silêncio também. Tem outra batida e outro intervalo de duração. Tem conforto ao invés de embaraço. Silêncio, essa arte ameaçada, não é esperar pela vez de falar. É mais uma presença de corpo que uma ausência de som. Existência, sem resistência. É muito simples, mas nada banal.

Oswald de Andrade diz que "a gente escreve o que ouve, nunca o que houve". Eu também acho. E acho ainda que quem não ouve não diz coisa com coisa. Quem não escuta, portanto, não escreve. Por isso o silêncio se faz imperativo. E por isso os mineiros são contadores de histórias natos. Porque o proseado é nosso ofício.

8.

PELO DIREITO A NÃO TER CARREIRA ALGUMA

"Carreiras são uma invenção do século 20, e eu não quero uma". Quando li essa frase, concluí no ato: nem eu! Um dos primeiros pânicos que tive, ainda bem nova, ao me projetar adulta, era justamente esse: como é que eu vou conseguir trabalhar a vida toda fazendo a mesma coisa? Tinha calafrios noturnos com a ideia. Isso muito antes de ler a frase acima no livro de Jon Krakauer, *Na natureza selvagem*. Muito antes de saber que não era preciso fazer todo dia a mesma coisa pra ser um adulto. Se soubesse então que carreiras são invenções recentes, teria me concentrado em sofrer apenas com os outros dois monstrinhos desse trio de terrores do reino assombrado da "maturidade": 1) acordar cedo todo dia; 2) e ter que virar esposa e mãe. Me sentia completamente inapta pra todos eles.

E pra despistar o carreirismo e evitar que a profecia se concretizasse, tive que dar uma voltinha por aí. Nos Estados Unidos, me agradava observar o valor que os americanos conferem às conquistas atléticas. Fulano é bancário, mas na verdade quando chega em casa e tira o disfarce de Clark Kent, ele vira um ultramaratonista, treina todos os dias e disputa até cinco provas anuais, incluindo o triathlon. Trabalho, qualquer um pode fazer. Mas os feitos atléticos dependem de disciplina e

9.

perseverança individuais, o que é uma prova de caráter na terra do *self-made man*. Aí na França era parecido, porém, diferente – todo poder ao cérebro. Beltrano é carteiro, mas está escrevendo um ensaio definitivo sobre a obra completa de Marcel Proust. Sicrano é funcionário administrativo da prefeitura, mas todo ano viaja pro Norte da África pra fotografar mulheres da cultura tuaregue.

Foi um alívio perceber que a carreira não precisava ser a luz no fim do túnel, o fim que justificaria todos os meios, nem o topo da cadeia alimentar. Poderia ser maratonista e escritora, ciclista e jardineira, yogi e cozinheira, professora e mochileira. Foi gloriosa e alforriante a descoberta. Ia ao encontro de tudo que eu sentia. Era possível, sim, ter um trabalho que não me definisse enquanto espécie e não fazer desse trabalho uma trilha monocórdica. A ausência de uma carreira no sentido de um *curriculum vitae* não equivale à carência de ofício. De jeito nenhum. E o trabalho não dignifica o homem (e a mulher) coisa nenhuma.

Diante de tais descobertas, a ideia de voltar ao Brasil e, consequentemente, precisar encontrar uma profissão definitiva me mantinha firme e forte lá do outro lado do Atlântico – onde, parecia, estaria a salvo desse fardo e das expectativas, minhas e de outrem, acerca de quem eu deveria ser aqui na terrinha. No além-mar, em terras estrangeiras, não esperavam muito de mim. Um sentimento libertador, a princípio, mas por fim infantilizador. E com o tempo foi tornando-se desestimulante sustentar o status café com leite do visto de estudante. Era hora de voltar. Hora de peitar o utilitarismo profissionalizante de frente.

E eis o que constatei. Carreira não pode ser algo que você busca, como passar de fase no videogame, ou passar de júnior pra sênior na firma. Uma carreira dotada de sentido só pode ser algo que te acontece, como a vida. Movida pelo tesão, pelo amor, pela alegria. Ela vai sendo trilhada ao longo da sua jornada terrena, como um passo dado depois do outro, como os capítulos de um épico russo ou o avanço da escola de samba na avenida. Haverá caminho, percurso, trajeto. Dos trabalhos que você amou aos que detestou, dos amantes às amadas, das dores de garganta às de cotovelo, passando pelas unhas encravadas e os vãos desesperos. É a história de cada um. Natural e inevitável. A humana aventura. Travessia.

9.

VOCÊ TEM MEDO DE QUÊ?

Outro dia um amigo me disse o seguinte: "Meu instinto é classe média". Ou seja, quando o bicho pega, os sistemas de defesa do seu corpo e mente o levam pro lugar que ele conhece como seguro – e ele não parecia satisfeito com essa constatação. Ele queria dizer que, por exemplo, tem medo das ruas da cidade à noite, que tem o instinto de atravessar pra calçada mais iluminada, que logo quer pegar um táxi e, também, outro exemplo, que quando a vida fica muito incerta, suas defesas logo acionam o alerta que pisca em letreiros luminosos dizendo "arrume um emprego!", "tenha carteira de trabalho assinada", "compre a casa própria", "tenha 13º", "declare o Imposto de Renda", "garanta sua aposentadoria e plano de saúde privado". E, no entanto, ao mesmo tempo, ele sabe que nada disso importa tanto assim – e não digo isso por causa da reforma trabalhista do apocalipse. É porque o buraco é mais embaixo mesmo.

Dizem que quem tem cu, tem medo. Trocando em miúdos, todo mundo. É lá, aliás, que anatômica e energeticamente se encontra o *chakra* da coragem, conforme aprendi faz pouco. E, sim, medo em instância primária preserva a vida, pois ele é acionado quando nossa integridade física é ameaçada. Mas medo também é cultural, como falamos acima. E pra não sermos cerceados pelos desse tipo, é preciso estarmos atentos e

10.

fortes. Todos nós. Pois se o medo, como o cu, é universal, então somos todos iguais – irmãos em pavor e anatomia. E isso deveria ser o suficiente pra darmos um fim ao receio de que os outros saibam que sentimos medo. Pra não perdermos mais tempo com distrações.

A questão verdadeira é a existência, a transcendência, a morte. O grande mistério da vida, que é inalcançável. Pode ser um sentimento avassalador dependendo da hora da madrugada em que bater. Fascínio e horror, juntinhos. E diante dele estamos todos sozinhos – apesar das distrações que arrumamos por aí. Nos iludimos com a ideia de que a casa própria ou o nascimento do primogênito vão sanar essa angústia, mas não passam de ilusões passageiras. E esta, penso eu, é a fonte real, a origem de todos os nossos receios: o medo da finitude e, talvez pior ainda, o da falta de sentido.

Contra esse oco, a gente se agarra a todo e qualquer tipo de salva-vidas. Religião, ciência, família, trabalho, drogas, ideologias ou, pior, o cinismo. Eu prefiro as artes. Primeiro porque, como Nietzsche diz em *O nascimento da tragédia*, "só como fenômeno estético podem a existência e o mundo justificar-se eternamente", e eu concordo cada vez mais com essa premissa. E, além do mais, com as artes há catarse. Artistas são versões crescidas de crianças. E crianças sabem das coisas. Como elas, artistas estão aptos, a qualquer momento, a irromper em brincadeira. Aceitam propostas lúdicas com facilidade encantadora. E, glória das glórias, são muito menos acometidos pelo medo do ridículo, que é a versão social do nosso senso de sobrevivência e preservação corporal.

O vexame, a ruína, o fracasso são todos espécies de atentados à vida social. Evitamo-los ao máximo porque eles podem gerar rejeição. E esse é, segundo eu mesma, nosso terceiro maior pânico, logo depois da falta de sentido e da finitude. A prontidão dos artistas a se exporem ao ridículo é um convite a perder esse medo tão real quanto besta e que nos paralisa por tão pouco. Afinal, você vai morrer mesmo. Qualquer ridículo sofrido será temporário. A constatação do fim coloca tudo em perspectiva e de repente já não dá pra sofrer por qualquer coisinha nessa vida finita. Então, na dúvida, não se leve tão a sério. Solte a franga. Faça papel de bobo. E tudo bem se sentir medo. Afinal, coragem não é ausência de medo. É prosseguir apesar dele. Evitando atalhos.

10.

A INTROVERSÃO E A SOLIDÃO ALEGRE

Dizem que as pessoas podem ser divididas em dois grupos primários de personalidade: gatos e cachorros. As pessoas felinas seriam as mais introvertidas; e as caninas, as extrovertidas. Umas gostam de ficar sozinhas, preferem o silêncio, precisam de sossego. Outras buscam mais estímulos, querem gente por perto, se alimentam do coletivo. Tal como as pessoas sociáveis, os cães são considerados animais mais amáveis, companheiros, brincalhões e também atrapalhados e carentes. Os gatos, por sua vez, e seguindo o mesmo raciocínio pros reclusos, são vistos como elegantes, autossuficientes, ágeis, esnobes, desconfiados e até ardilosos. Pensar as pessoas como felinas ou caninas pode trazer *insights* interessantes, mas, mais que isso, revela nossa preferência – enquanto cultura – pelos extrovertidos. E, de tabela, nosso juízo sobre os introvertidos.

Antes de qualquer coisa, introvertidos não são tímidos. Não necessariamente, pelo menos. A timidez me parece ter mais a ver com o medo do ridículo, da exposição social; não é disso que falamos. Introversão é ter uma vida interior fértil. Falamos aqui, portanto, das pessoas que têm *necessidade,* talvez maior que a média (se é que existe uma), de momentos de reclusão. Falo de quem prefere as atividades solitárias, como a leitura,

11.

por exemplo, mesmo que o faça em uma biblioteca ou num café, onde há gente em volta. Gente que vai sozinha ao cinema, ao teatro, à exposição. Falo daqueles a quem o hiperestímulo vindo do mundo exterior provoca curto-circuito no sistema. Dos que ficam exaustos com aquela conversinha mole na hora do almoço. Dos que preferem infinitamente ficar em casa a sentar numa mesa grande e animada de bar. Não é só que acham chato; o desconforto pode ser visceral, espiritual. Falo de todos aqueles que, em maior ou menor intensidade, com mais ou menos culpa, ficam ou já ficaram se justificando, arrumando desculpas pra furar um jantar e evitar de explicar porque precisam do que precisam: quietude. E qual é a justificativa, afinal? Não é preciso uma. As pessoas são diferentes, simples assim.

Naturalmente, salvo exceções que suponho existirem, nos encontramos todos em algum ponto do espectro que vai da introversão à extroversão, mas um ponto que muda o tempo todo. Temos todos necessidade, com maior ou menor frequência, desses momentos de reclusão interior; é uma questão de sanidade. Mas o ponto em que essa reclusão vira (se virar) desconforto vai variar de pessoa pra pessoa. Cada um cada um.

Desde a mais tenra infância, introvertidos são estimulados – quando não coagidos – a se extroverterem. As escolas costumam valorizar ideais de extroversão, de líderes, de ações – das mesas coletivas aos trabalhos em grupo. O aluno que se destaca entre colegas e professores é quase sempre simpático, falante, socialmente hábil, muitas vezes independente de seu desempenho acadêmico. E é assim mesmo: quando a pessoa tem carisma, não dá pra resistir. No mundo do trabalho é parecido. As empresas adoram espaços de criação coletiva e termos como *brainstorming*. O mundo tal como é, ou seja, voltado pro extrovertido, por vezes tiraniza aqueles que operam em outra frequência, que têm outra dinâmica de pensamento e ação e, sobretudo, esse mundo tenta padronizar uma certa forma de ser e de se estar nele. E isso me parece meio burro.

O que, por outro lado, me parece mais intuitivo hoje é que os estímulos externos afetam diferentemente a cabeça e o coração de uns e outros. Só isso. Se tumultuam a dos introvertidos, podem também apaziguar a dos extrovertidos. Afinal, com o silêncio, quando cessa todo o ruído lá fora, começamos a ouvir as vozes aqui dentro e é aí que embarcamos na grande aventura. Uma que me parece importante desbravar. Saber estar só e bem, viver a *solitude* alegre, povoar sua própria solidão. Tenho pra mim que quem aprende a navegar nessas águas vive mais e melhor. Porque envelhecer é tornar-se cada vez mais só. E talvez seu amigo ermitão saiba disso melhor que você.

11.

MINIMALISMO CONTRA O CAPITALISMO

Por quase três anos, vivi em casal em uma quitinete de 24m^2, no último andar de um predinho em Paris. Um cômodo, uma cozinha separada por uma parede, um banheiro. Na cozinha, uma placa elétrica de duas bocas, um pequeno forno também elétrico, um mini-frigobar, pia simples, pouco espaço pra utensílios e também pra comida. As compras eram feitas gradualmente e repostas à medida que eram consumidas; não dava pra estocar nada. Pra cozinhar, era preciso ir lavando, secando e liberando a única superfície sobre a pia que servia tanto pro escorredor quanto pra tábua. O quarto era simbolicamente dividido por uma estante; de um lado a cama, do outro a mesa de trabalho, tipo escritório. Havia uma poltrona, uma luminária, um violão, livros, um espelho, uma cortina separando a cozinha. O guarda-roupa embutido tinha três portas baixas; uma delas pra mim. E só. Todas as minhas roupas estavam no espaço de arara que me cabia ali naquela porta, algumas dobradas embaixo, e um único par de botas pra todas as ocasiões. No térreo, uma bicicleta. O aluguel era barato, o bairro delicioso, a vida descomplicada.

Desde que cheguei a São Paulo, consegui manter um *lifestyle* parecido. Nunca tive contrato com imobiliária; sempre subloco

12.

apartamentos já mobiliados ou semimobiliados onde pouca coisa é minha. Os talheres não são meus, nem a máquina de lavar roupa, a geladeira, a cama, a mesa, as cadeiras, nada. Só ventilador, abajur, computador, rede, chaleira elétrica e objetos pessoais, que estão distribuídos em uma arara, três gavetas, uma mesa e estante. Duas taças de vinho, duas tulipas de chope, quatro pratos rasos, três fundos, uma cafeteira. Essas coisas. A coisa mais difícil de transportar é minha árvore pau-brasil, que já está mais alta que eu. Fora ela, se precisar me mudar, saio com tudo numa tarde, em uma leva. E a sensação de leveza é bem maravilhosa. Continuo morando em quitinete e constato que não preciso de mais que isso. Lá fora, há toda uma cidade. Todo um mundo, de coisas e pessoas.

A verdade é que quanto menos coisas você tem, mais fácil fica de se desfazer delas. Até porque vai ficando claro que as coisas vêm, as coisas vão, não em vão. Você dá um casaco seu, alguém te dá uma mochila. Roubam sua bicicleta, você acha uma poltrona na rua. E, segundo as leis elementares da física, se um objeto novo entra na vida de um residente de quitinete, algo obrigatoriamente vai ter que sair. Então você acaba ficando só com aquilo de que realmente gosta e/ou precisa. O período na França foi um aprendizado muito valioso pra minha vida. Depois de tantas mudanças num espaço não muito longo de tempo – entre cidades, entre países, entre vidas –, foi importante aprender a largar um tanto de coisa pra trás. Cadernos e livros, móveis e quadros, roupas e cobertores. E a cada vez ficava mais fácil. Difícil mesmo é se separar das pessoas.

Agora, antes de prosseguir com essa minha linha de raciocínio que vinha se encaixando tão bem, uma observação. Como moradora do Bixiga, venho testemunhando as ogrices da prefeitura de São Paulo e suas políticas higienistas movidas pela especulação imobiliária e gentrificação do bairro. Não sei dizer números, mas no olhômetro é incontestável que a população de moradores de rua na cidade vem crescendo exponencialmente e se espalhando, o que é muito grave. Nos baixios do Minhocão, malocas são erguidas e transformadas em lares onde residem crianças, velhos, mulheres, cachorros, homens de todas as idades. Tudo o que chega às mãos dessa população pode ser incorporado na formação desse lar, e é tudo o que eles "possuem" na vida. E, no entanto, a polícia e a CGM chegam solando a porta, colocando tudo no chão, levando esses fragmentos de outras vidas, abandonadas ou jogadas fora, que foram se transformando em paredes de um barraco onde moram três crianças e sua mãe. E daí, nesse caso, nada disso do que estou falando se aplica.

Porque o minimalismo, tal como eu estou aqui apresentando, é um luxo de quem pode optar por isso como estilo de vida. Um que eu acho muito mais saudável. Mas é importante não perder de vista que estamos falando de um privilégio que pode ser exercido por aqueles que têm escolhas. E também pra que no processo não nos esqueçamos da alma e dos traços de vida que existem em certos objetos. Fotos, vasos de plantas, amuletos, qualquer coisa que pra você seja sagrada. Não é pra transformar sua casa numa sala de espera de dentista. Minha ode em forma de crônica não é contra uma casa aconchegante; é contra o consumismo.

Existe uma máxima da vida real que vai na contramão do que o capitalismo quer que você acredite. "Menos é mais". O que o capitalismo quer é te vender produtos e soluções pra problemas que ele próprio criou. Engordou? Vai pra academia (pagar), coma produtos *light* (comprar), faça uma lipo (pagar), arrume roupas novas que não deixem transparecer seu ganho de peso (comprar). O capitalismo jamais te dirá pra comer menos, fazer compras na feira, ir andando pro trabalho, limpar sua própria casa. Não, não. Contrate um personal trainer, faça a plástica, compre aqueles potões horrendos de proteína, matricule-se na academia e compre um carro, pra poder se deslocar entre todas essas tarefas. E, de preferência, não dependa de ninguém em nenhuma instância.

Não sei qual a origem histórica dessa ideia da autossuficiência que vem embutida no capitalismo – provavelmente é pra vender mais unidades de seus produtos –, mas ela me parece ser mais uma dessas americanices bestas que o Brasil comprou. Se você não tiver tudo de que precisa, você vai recorrer aos amigos, aos vizinhos, à família. Vai haver mais diálogo, mais troca, a interdependência na teoria e na prática, juntas. Afinal, você não precisa ter tudo só pra você. Por que num prédio cheio de apartamentos cada um tem um plano de internet separado? Já pensou nisso? Não faz o menor sentido. Mas o capitalismo manda e desmanda: nos convenceu de que não depender de ninguém é que é bom; de que carro é sinônimo de liberdade. Aí tem conta de tudo separadinho, cada carro na sua vaga de garagem, e casas entulhadas de coisas compradas novas, ano após ano, e depois jogadas fora. Uma doença.

A mais valiosa "coisa" dessa nossa vidinha finita é tempo. Essa é a grande moeda de valor na vida. Valor sem custo. As coisas pesam mais que seu volume e massa; coisas nos ancoram. Consomem uma energia que é muito melhor empregada em pessoas, em afetos, em vida. Livrar-se das coisas e dos entulhos, portanto, é abrir uma janela por onde a vida respira. Mas o capitalismo nunca vai te empurrar nessa direção. A não ser que você seja morador de rua, e um trator leve todos os seus pertences embora de uma só vez. E, no fundo, quem passa por isso já sabe que as coisas vêm, as coisas vão, tantas vezes com brutalidade. Sabem que ninguém sobrevive sozinho, que é tudo troca. Quem ainda não sabe são os “donos”. Da bola, das terras, do poder. E a ignorância deles é uma chaga pra todos nós.

12.

BICICLETA *LIFESTYLE*

Esses dias fiquei pensando que o tuk-tuk é, pra uma cidade indiana, o que a carroça é (ou foi) no ambiente rural. O que a carruagem foi no século 19. O que talvez as bigas tenham sido na Roma antiga. Um meio de transporte que te permite deslocar-se enquanto interage e observa o entorno de outro ângulo, em outra velocidade, mas ainda assim, em proximidade dos demais. O tuk-tuk, mesmo motorizado como é hoje, me parece ser um sobrevivente desse contato no trânsito que ainda era pessoal. E o que me veio à cabeça e ao coração todas as vezes que entrei num tuk-tuk na minha última viagem à Índia, há poucos meses, foi a bicicleta. Eles têm uma *vibe* parecida. Você tá ali, no corpo a corpo. Sobre rodas, mas ao ar livre. O trânsito apertado. O calor do escapamento dos carros. As pessoas a pé. Tudo muito perto. Olho no olho.

Tenho pra mim que andar de bicicleta é o único jeito de sobreviver numa cidade como São Paulo. Pra não enlouquecer, nem deixar o espírito morrer e murchar como um maracujá esquecido na gaveta. Ela humaniza um espaço que pode, aos poucos, desumanizar seus habitantes. Ela me faz lembrar que somos bichos humanos, animais sociais, espécies da convivência. E praticar esse *lifestyle* em megalópoles é um árduo, porém vital, exercício diário. É preciso estar atenta e forte. Se não, a primeira agressividade que eu receber de alguém vou passar pra frente. Mas não quero fazer isso. Nem quando chutam minha bicicleta na ciclovia, nem quando me "xingam" de petista porque pedalo. Sobre rodas, observa-se o objeto de um ponto de vista diferente. A bicicleta permite à alma respirar. Os pensamentos vagueiam. Aeram-se as inquietações. E é impossível ficar mal humorada depois de uma pedalada. Simplesmente não dá.

Essa não é a primeira vez que escrevo sobre o "bicicleta *lifestyle*". Sou uma entusiasta. No período em que morei em Paris, a bicicleta salvou meu espírito. Aquela escuridão toda, aquele inverno cinza, estavam arruinando meu bom humor e alegria de viver. Com minha Peugeotzinha mágica atravessei Paris, os invernos e a depressão sazonal. Ela me fazia lembrar que eu tinha corpo, que eu existia. E quando cheguei em Sampa, cinco anos atrás, minha primeira aquisição material foi uma bicicleta. Para além do próprio corpo e da sanidade, pedalar aqui me faz lembrar que habitamos uma das maiores cidades do mundo, com uma concentração humana absurda, e de tal forma isolante que, arrisco dizer, é uma das cidades mais solitárias também. Pedalar é preciso.

Em cidades como o Rio, a natureza é maior que o homem. Existe a cidade, o urbano, as pessoas, os carros, mas a natureza permanece preponderante, como deve ser mesmo. Não estou dizendo que não haja problemas de urbanismo na capital carioca, claro que não. Mas o mar, a serra, as pedras monumentais: não dá pra ignorar. E isso tem um impacto direto sobre a vida nesse espaço, sobre as pessoas que vivem nele, sobre como elas se veem, a si e a seu entorno, sobre o ritmo de suas vidas. Já em cidades como São Paulo e sei lá, Gotham City, o homem tornou-se maior que a natureza. A vontade humana ultrapassou os limites dela; não a enxerga. Levou até uma cidade cercada por dois rios a passar por uma seca. E isso também tem impacto concreto sobre os habitantes daqui e afeta diretamente nossa forma de ver o mundo.

Em São Paulo, não se curva um desejo humano diante da potência da natureza. Dobra-se a natureza. Nada pode deter um motorista determinado a atravessar a marginal o mais rápido possível. Pedestres, ciclistas: coisa de pobre, coisa ultrapassada. O negócio é acelerar. São Paulo é a cidade da modernidade. Antropocêntrica. O homem-máquina, por dentro e por fora. O carro blinda tudo. Barulho, calor, poluição, mas também sentimentos, empatia, olho no olho, até a chance de cair, de esbarrar em alguém.

Enquanto isso, cá fora da estrutura de metal, nunca vi um ciclista tão possuído pela ira quanto um motorista que é cortado na pista ou tem sua vaga perdida. O jogo muda. A outra pessoa tá ali na sua frente, cara a cara. Não tem vidro nem buzina entre vocês. Só duas pessoas. De repente, o diálogo é novamente possível.

13.

A CONTAÇÃO DE HISTÓRIAS DIGITAL

Faz um tempinho, ouvi um podcast novo chamado S-Town (em inglês). Foram sete episódios de 1 hora de duração cada, todos lançados de uma só vez, como uma série da Netflix. Dá pra ouvir tudo numa sentada só ou simplesmente degustá-lo aos poucos. Só que é um programa de não-ficção pra rádio. De altíssimo nível, a propósito, tanto editorial quanto de produção e narração. Entrevistas são entrecortadas por músicas, com uma harmônica edição de som e, sobretudo, há ritmo. A história guarda um mistério e, portanto, a ordem em que as informações são apresentadas e por quanto tempo mantém-se o suspense são elementos fundamentais. Caso contrário, o ouvinte perderia o interesse, faria outra coisa, não ouviria o resto. Como um leitor que se entedia com um thriller mal escrito.

Nós, humanos, sabemos instintivamente como contar uma boa história. Sabemos disso desde o tempo imemorial. Contar histórias é o que fazemos. É nossa arte. Nossa forma de transmitir conhecimento, de passar uma tradição pra frente, de demonstrar afeto, cuidado. Nosso meio de transmitir nossos costumes, como povo, aprendendo os cantos, os mitos, os ritos. Nosso jeitinho de entender quem somos. E nosso lugar no universo. Vem do nosso desejo, da nossa necessidade de nos comunicarmos.

14.

Da importância de se passar adiante os conhecimentos de uma geração a outra. Penso, logo conto histórias. Conto histórias, logo existo. E hoje, para além dos anciãos em volta do fogo, das histórias de ninar e também da rádio AM, há podcasts pra se baixar no smartphone.

O formato não é popular no Brasil, pelo que sei. Ou pelo menos não esse formato, o narrativo. Pesquisando pra escrever esse texto, descobri que existem, sim, muitos programas em português, há inclusive uma lista com sugestões interessantes no site do Meio & Mensagem. Não os conheço, mas vou ouvir. O Nexo também faz umas edições em formato de rádio e há outros, claro. Fora da internet, a Rádio USP (FM 93,7) tem programas de entrevistas bem legais e uma seleção musical acima da média. Empolgada e instigada pelos desafios de roteiro, ritmo, edição e produção, em 2015 fiz um podcast caseiro (em inglês), "A primitive at heart", baseado em material gravado com Dot Fisher-Smith, uma octogenária incrível com quem viajei pelo Nepal em 2014 e sobre a qual escrevi em outra crônica.

Pra quem encarar a escuta em inglês, sugiro: This American life, o pioneiro e mestre nesse estilo de contação de histórias e que inspirou não só S-Town, mas seu predecessor, Serial, que inaugurou essa era netflixiana dos podcasts e talvez permaneça sendo o best-seller do gênero até o presente. TED radio hour também segue um formato parecido, servindo-se das milhares de horas de conferências TED pra escolher e esmiuçar um tema por semana. Esses três programas, aliás, têm regularidade semanal. Já o New Yorker fiction podcast é mensal e convida sempre um escritor a ler um conto de outro autor, de sua escolha; em alguns episódios a experiência é sublime. Por fim, Fresh air é um programa diário de entrevistas que podem variar do ex-presidente Barack Obama a uma atendente de tele-sexo (aparentemente ainda existe o serviço de tele-sexo).

Confesso que ouço podcasts todos os dias, ou quase. O hábito começou com os audiobooks quando decidi "escutar" livros que queria "reler" e o fazia durante minhas travessias semanais pra trabalhar em outra cidade. E uns anos depois adotei os podcasts com afinco. A possibilidade de me informar sobre atualidades, conhecer novos autores e novas histórias, e fazê-lo sem precisar passar ainda mais horas diante de uma tela, com a alternativa de escutá-los enquanto limpo a casa, faço comida, preparo o café da manhã, pego um metrô ou ando pela cidade é muito sedutora.

Além disso, percebi que aprendo e apreendo melhor através da escuta. Somos uma espécie gregária, a humana. A colaboração, segundo ouvi em outro podcast, é uma de nossas características mais contributivas pra nossa permanência e sobrevivência na Terra. Nas palavras de Ailton Krenak, no livro da série Encontros, "na nossa tradição, um menino bebe o conhecimento do seu povo nas práticas de convivência, nos cantos, nas narrativas". É o que busco. Porque aprender junto é muito mais gostoso. Eu pelo menos gosto de gente, de histórias. E mesmo que eu não esteja cara a cara com os apresentadores dos podcasts, já estabeleci uma relação afetuosa com eles pela familiaridade que suas vozes evocam.

Fico torcendo pro formato "pegar" aqui no Brasil também. Temos tantas histórias a serem contadas, e mais ainda a serem ouvidas. Dentre elas, tenho um desejo crescente de que venham de uma tribo indígena, de uma ocupação urbana, de um assentamento no campo. Quem sabe assim não aprendemos a nos comunicar, algo que me parece cada dia mais ameaçado.

14.

Quem sabe não deslocamos nosso ponto de vista e, como diria Oswald de Andrade, consigamos ver com olhos livres. Fica a dica. Fica o convite.

A CURA PERIPATÉTICA

Desde que me mudei pra São Paulo, há mais de cinco anos, a maior dificuldade de adaptação à cidade que encontrei foi e continua sendo a insuficiência de lugares verdes, abertos, de natureza. Mesmo sendo eu uma apreciadora cotidiana das frondosas árvores que, por razões inexplicáveis pra mim, continuam sobrevivendo com exuberância até nas partes mais concretadas da cidade, mesmo assim, faltam respiros em meio aos edifícios, locais não especulados imobiliariamente. Falta horizonte. Céu. Silêncio. E faço aqui de São Paulo uma metonímia, uma parte pelo todo; uma cidade representando as grandes metrópoles onde, dadas as peculiaridades regionais/culturais, os desafios da vida urbana se apresentam de forma parecida.

Pela primeira vez na história da humanidade, hoje a população urbana já ultrapassa a população rural. Somos 8 bilhões de pessoas no mundo vivendo, majoritariamente, amontoadas em cidades. E eu cá do meu lado, com nada mais que a intuição e a experiência de já ter vivido em algumas megalópoles, acredito que esse tipo de existência nos apresenta, fora os desafios evidentes de convívio e decência mínima pra acomodar as diferenças, armadilhas à saúde psíquica e espiritual que não devem ser subestimadas.

15.

Se pensarmos bem, faz muito pouco tempo, falando em termos evolutivos, que temos uma vida tão "segura" do ponto de vista de nossa sobrevivência; uma vida onde comida, água e abrigo estão ao alcance imediato. As barreiras impostas pelo capitalismo fazem dessa afirmação uma inverdade, naturalmente, mas acompanhe o raciocínio pensando menos em acesso econômico e mais em tempo e energia dedicados a essas necessidades. Somos uma espécie que andava, caçava, cultivava e que hoje só compra e aperta *play*. E não estou fazendo aqui um elogio ao bom selvagem, uma ode nostálgica à era pré-tecnológica. Sou muitíssimo grata à penicilina, ao flúor, à cafeteira, ao banho de água quente e ao aplicativo do Banco do Brasil. Apenas constato que, com todas as facilidades da vida contemporânea, algo primitivo em nós parece não ter mudado tão rápido assim, e o sedentarismo adquirido graças à engenhosidade de nosso cérebro nos deixou (mais) neuróticos. Talvez por não sabermos o que fazer com a energia que sobra. E devemos olhar pra isso, reparar. Pra não virar doença.

E aí entra de tudo. De dor de garganta a crise renal, mas, sobretudo, ansiedade, depressão, pânico, sentimentos às vezes inexplicáveis que nos assolam em números cada vez mais altos e que, acredito mesmo, poderiam ser apaziguados ou mesmo extintos se a gente fosse pro mato com mais frequência. É meio evidente que não estamos lidando bem com o confinamento em apartamentos, a cabeça voltada pra baixo olhando o celular, o fone no ouvido blindando o mundo, a ausência de contato com os processos mais primários da natureza – como a mudança de estações. Aos poucos, estamos enlouquecendo como indivíduos e como espécie.

Num estágio avançado, essas patologias – que aqui estou especulando, são geradas por estagnação energética e alienação do natural – passam da ansiedade à letargia. A ansiedade, que é também um motor criativo, uma vez encapsulada e acumulada, volta-se contra seu criador (você) e, misticamente, vira falta de energia. Por autocombustão, sei lá, uma implosão da alma. Aí o que temos são pessoas sempre cansadas, sempre desanimadas, sem entusiasmo, dormindo mal. E uma pessoa exausta não pode ser uma pessoa feliz.

Solvitur ambulando. A expressão em latim quer dizer "resolver andando". E o "andando" aqui pode significar fluxo, não estagnação, mas também caminhar. Movimento é sossego. Eu acredito muito nessa expressão. Na cura peripatética. Andar areja, ventila, abre janelas na cabecinha pra fumaça sair. Se possível for, andar no mato. A natureza não é cerebral nem neurótica. Ela apenas é. Como é o caminhar. E isso, só isso, já coloca tudo em perspectiva. Porque nós somos parte desse tudão. Não há como se separar dele. E é precisamente a ilusão dessa separação a fonte de nossa maior angústia. *Solvitur ambulando.*

15.

DOS HÁBITOS DA LEITURA

"Outside of a dog, a book is a man's best friend.
Inside of a dog, it's too dark to read."

"Fora o cachorro, o livro é o melhor amigo do homem.
Dentro do cachorro é muito escuro para ler."

GROUCHO MARX

Às vésperas de uma viagem internacional, me pego pensando sobre os livros que levarei. Não me adaptei aos e-books, e sei que numa situação como essa eu poderia levar dezenas de tomos ocupando o espaço de uma antiga calculadora. Mas eu sou old school e levo o livrão mesmo. A meu favor, tenho o desapego do objeto "livro" uma vez concluída a leitura. O fetiche não reside em colecioná-los, embora eu tenha centenas deles. O deleite está na leitura em papel. Uma vez lido, prefiro pensar nele chegando às mãos de outra pessoa, assim como aprecio receber um livro usado. O objeto vem e vai carregado de significado e, mais que isso, de histórias.

Já que não consigo superar o livro em papel e eles são pesados em viagens, desenvolvi o hábito de abandoná-los pelo caminho. Às vezes eles são dados diretamente a alguém, mas em outras tantas são largados mesmo. Em ônibus, trens, aviões, hotéis, aeroportos, cafés. Escolho um lugar e deixo-o ali. Não preciso

16.

saber quem será o novo leitor nem quero me corresponder com ele/ela, mas a-d-o-r-o a ideia de que o volume vai cair nas mãos de um desconhecido. E, na minha fantasia, esse anônimo será a pessoa ideal. Porque tem disso com livros. Tem o livro certo, com a pessoa certa, mas sobretudo a hora certa. Na nossa vida e na do livro; quando estamos prontos um pro outro.

Pois bem, esse hábito de abandonar os livros em viagens passou a me influenciar de tal maneira que agora não só penso no que eu quero ler, mas também no que meu leitor sucessor poderá apreciar mais. E no caso de uma viagem internacional, a pergunta se torna ainda mais estimulante. Que livros, que histórias, que autores, atravessam fronteiras geográficas, culturais, econômicas, raciais, de fuso horário e sobrevivem, ao tempo e ao deslocamento?

Os clássicos, é o que me digo. Olho pro Dostoievsky aqui na cabeceira da cama. Esse, não há dúvida, é clássico. Nenhum leitor de hoje, naturalmente, viveu na Rússia do século 19; e nem precisa, porque a obra atravessa os séculos. Cito Ítalo Calvino: "Um clássico é um livro que nunca terminou de dizer aquilo que tinha para dizer". E por que será? Suspeito que seja porque um clássico, despido de suas roupas de época, sobrevive graças a seu poder de alcance daquilo que há de mais universal: o íntimo. E nesse lugar, nesse espaço-tempo, somos todos bichinhos parecidos.

O clássico, sendo assim, deve ser aquele que consegue continuamente transportar pessoas das mais variadas pra um mundinho onde vivemos as escolhas éticas de um outro ser, um personagem, que, como eu, sente amor, inveja, honra, compaixão, medo e vergonha. Colocar-se no lugar de e viver junto às angústias de Raskolnikov, em *Crime e castigo*, talvez só não seja mais revelador sobre o caráter do leitor – do seu pior e do seu melhor – do que sobre o do próprio escritor. Ler um livro desse calibre é, forçosamente, olhar-se no espelho. E sabemos que isso não é fácil. Mas escrevê-lo é despir-se em público.

Na minha família, a leitura não é só um hábito, é uma afirmação do ser. Leio, logo existo. Cresci acreditando que quem não lê não tem vida interior, não sabe ficar só, e que no fundo, no fundo há um tipo de leitura ideal pra cada um: conto, romance, quadrinhos, bíblia. A vida é muito preciosa pra não dedicarmos uma enorme porção dela à leitura. Em minhas certezas obtusas, só fui aprender muito mais tarde que o leitor voraz, essa ave rara, também é passível de críticas. Dentre as que já ouvi, escapismo da realidade, uso do livro como escudo ao convívio social, por aí vai.

Embora discorde, há verdade nisso também. De fato, fantasio em passar tardes inteiras lendo, sozinha. Minto pra fugir de compromissos sociais e ficar a sós com um livro amado. Várias vezes. Leio em público pra evitar papo furado. Li livros inteiros durante aulas insuportáveis de química na escola. Adolescente, levava um livro escondido na bolsa pras festas de amigos – essas onde a gente começa a beber, fumar um, dar uns amassos – e, de vez em quando, dava uma fugidinha pro quarto pra ler umas páginas. Afinal, quem tem um livro consigo nunca está entediado. Acho que hoje o celular serve a esse mesmo propósito. Diante do menor sinal de tédio, o sacamos do bolso – só que com menos reprovação.

Não creio que a leitura seja fuga. Porque ela demanda coragem. Todas as artes proporcionam esse bálsamo espiritual extracorpóreo e que, ao mesmo tempo, nos aterra. Mas ao contrário das demais linguagens, a literatura – e o romance em particular

16.

– pressupõe uma convivência íntima e prolongada com uma história. Só um livro pode me acompanhar por semanas, meses até. Ainda que, com o tempo, os detalhes narrativos se esvaiam da memória, permanecerá comigo, firme e mutante, sua sensação. Quem eu era, onde estava. Dedique sua vida a ler os clássicos, pensei. Há mais aprendizado sobre a condição humana neles que em qualquer outra forma de experiência – excetuando as peças do Teatro Oficina.

Agora, com as malas prontas, concluo que mais que preguiça ou descaso, deixar meus livros pra trás, como migalhas de pão, é um ato de amor. A literatura dá sentido à vida. Ela afina a alma, alinha os *chakras*. Ainda nem fui pro aeroporto, mas já começo a fantasiar quem será o próximo leitor dos livros que abandonarei nessa viagem. Quem é que vai se olhar no espelho. Se será o livro certo.

UMA MULHER, DOT FISHER-SMITH

Fui à ocupação do Movimento dos Trabalhadores Sem Teto (MTST), na Av. Paulista, e fotografei algumas mulheres dali, uma ideia que venho trabalhando. Uma delas, que não quis ter sua foto tirada, me perguntou por que eu só fotografava mulheres. Respondi que os homens já ocupavam muito espaço, em todas as esferas. Ela esboçou um princípio de sorriso, triste. "É. Quem toca a vida são as mulheres mesmo". Concordei com a cabeça e imediatamente lembrei-me do que me disseram certa vez: "você só pode ter sido criada por um matriarcado. Tem uma força aí que é do feminino".

É verdade. Fui criada, inspirada, motivada, guiada, moldada por várias mulheres, não só por minha mãe. Tenho inclusive dois pais, mas minha família é completamente matriarcal, orbitando ao redor da figura centrípeta da minha avó, hoje entrando na casa dos 90 anos. As mulheres desse clã mineiro sempre me transmitiram uma segurança terrena, um pilar que nasce lá no fundo da terra. Mulheres são "ponta firme"; mulheres seguram a onda e fazem o barco tocar pra frente. Nunca senti dentro da nossa tribo que se esperasse menos de mim, ou de qualquer uma de nós, porque somos mulheres. Muito pelo contrário. As incertezas vinham era dos homens, com quem

17.

nem sempre se podia contar. Ali, quem toma todo o espaço somos nós. E nós somos numerosas. Assertivas. Todas parecidas, filhas de irmãs gêmeas.

No final de 2014, viajei pelo Nepal com um grupo de escritores, e dentre eles havia Dot Fisher-Smith. Essa americana, na época com 86 anos, foi minha parceira mais animada de trilhas e aventuras. Dot caminha com o vigor e a firmeza de uma menina, do alto de sua pequena estatura. Carrega sua própria mochila de acampamento nas costas, detesta ser paparicada, tem a pele toda enrugada e um olhar inescapável. A história não gosta que se chamem mulheres de geniais ou brilhantes, mas se Dot não for iluminada no sentido budista, está quase lá. Ela já viveu toda uma vida e segue entusiasmadíssima. E enquanto escrevo esse texto, ela está viajando pelo Deserto do Saara de jipe. Juro.

Dot nasceu em 1928. Foi monja zen-budista por anos; ativista ambiental é até hoje. Posou pelada na capa de uma revista quando já tinha mais de 80 anos. Acorrentou o próprio pescoço a uma escavadeira pra impedir a devastação de uma floresta ameaçada, próxima à região em que vive, no estado do Oregon, nos Estados Unidos. Atravessou o país de carro com o filho e a filha pequenos pra fugir do primeiro marido, com quem morou em diferentes países, inclusive no Irã. O filho já se foi. Ela se casou de novo. Hoje tem netos, bisnetos e até tataranetos, mas não apresenta nenhum embaraço visível em dizer que não recomenda a maternidade, que a vida já é uma jornada incrível o bastante por si só e que ela mal dá conta de si mesma, que acredita não ter sido uma boa mãe e que, se soubesse na época o que sabe hoje, não teria tido filhos. E também que preferia ter passado sua vida ao lado de uma mulher, não de um homem.

É viajante praticante há mais de 60 anos e viaja sozinha até hoje. Com quase 80 anos, completou uma volta em torno do Monte Kailash, na região de Ladaque, na Caxemira, cobrindo 3 dias de trilhas e dormindo ao relento, no alto dos Himalaias. Continua acampando, todos os verões, nas montanhas da Califórnia. Mas, como ela mesma diz, agora tem preguiça de ficar três meses sozinha por sua própria conta no mato, carregando tudo que precisa e colhendo frutas, como costumava fazer até os 70 e tantos anos. Ela se declara uma caçadora-coletora, uma primitiva, terrena. Hoje, limita-se a acampar por uma ou duas semanas com a neta de 20 e poucos anos que divide o peso dos mantimentos e das barracas com ela. Se alonga todos os dias, fica pelada com naturalidade infantil, tem um arsenal de poesias memorizadas na íntegra, desloca-se de bicicleta por Ashland, onde vive, até no verão de mais de 40°C e pinta grandes telas em seu ateliê caseiro.

Se morasse aqui, decerto estaria acampada, ocupando a Paulista com as outras mulheres que fotografei. Dot tem alma sertaneja. É o centro de sua tribo matriarcal. Só de pensar nela no meio do deserto africano, um sorriso se abre, irresistível, em meu rosto aqui em São Paulo. Depois dela, envelhecer ganhou outra textura pra mim, como os sulcos em seu rosto. As linhas do possível se borraram. Outra fome de vida me invadiu; uma nova e libertadora sede de ser mulher como eu bem entender. O feminino confirmou-se uma força.

FOTOGRAFANDO MULHERES

"Fotografar mulheres é diferente de fotografar homens?". Meu amigo indiano me perguntou isso ao ver uma série de fotos que fiz em Varanasi, na Índia. "Sim", respondi, "assim como é diferente fotografar – mulheres ou homens – na Índia, no Brasil, no Benim". Em minha mais recente viagem à Ásia, decidi lançar a mim mesma o desafio de fotografar apenas mulheres. Foi um desafio e tanto. Cheguei a pensar em desistir. E por isso mesmo a pergunta do meu amigo indiano (e fotógrafo), sem que ele soubesse, foi tão pertinente. Porque, sim, é muitíssimo diferente fotografar mulheres e homens na Índia.

Fotografar gente já é difícil. Sempre. Pelo menos pra mim. E foi por essa razão que comecei a fazê-lo. Porque havia o embaraço. Medo de fazê-lo sem a permissão e receber uma bronca, uma agressão. Excesso de dedos pra perguntar se poderia fazer a foto. E, aos pouquinhos, mineiramente, fui tentando e foi funcionando. Continuo achando difícil. Continuo fazendo.

Pois bem, partindo dessa premissa, em toda parte percebo que é mais fácil fotografar homens, e acredito que isso não tenha nada a ver com o fato de eu ser mulher. Em todos os lugares onde já fotografei – e no planeta Terra, de forma geral –, o patriarcado impera e acredito que seja por isso que os homens se sintam mais confortáveis em serem eleitos pra foto. A minha experiência é de que sempre é mais difícil chegar perto das mulheres, seduzi-las a se deixarem fotografar, levá-las a quererem ter seu retrato feito; na Índia, inclusive. Mesmo sendo eu uma mulher que se aproxima com a câmera. Talvez porque elas não queiram disputar o centro da atenção com os homens. Talvez isso gere problemas pra elas depois. Talvez porque mulheres sejam vistas como propriedade de alguém (do pai, do marido) e fotografá-las requereria autorização de um deles. Talvez, talvez, talvez.

Tenho acompanhado alguns trabalhos pela internet e existem fotógrafas, hoje, que conseguem acesso a outras mulheres – em países onde a abordagem por uma pessoa de outro sexo seria mais problemática – e isso tem sido notado e valorizado na imprensa internacional. Em casos como esses, por exemplo, acredito que o gênero da fotógrafa seja imprescindível pro êxito da missão – além, naturalmente, do tempo dedicado a ela. Quando fotografo mulheres (e homens) em minhas viagens, na maior parte das vezes eu estou de passagem e paro uma pessoa na rua pra fazê-lo ou visito um lugar, uma única vez. Em muitas delas, eu peço permissão pra tirar a foto. Se quero um retrato, preciso que o/a modelo me olhe através da lente. Em outras poucas, no entanto, passo um tempo com elas.

Recebi um aprendizado instrumental de um fotógrafo: não se acanhe em deixar o/a modelo esperando. Como eu só fotografo com câmeras analógicas e não sou assim, digamos, uma exímia fotógrafa, às vezes deixar tudo pronto pro disparo me toma alguns desconfortáveis segundos. Desconfortáveis pra mim e pra quem espera. E esse desconforto já me levou a abandonar a ideia daquela foto, a fingir que a tirei ou a fotografar de qualquer jeito, sem foco ou medição de luz correta, só pra acabar com aquela angústia. Mas escolhi ouvir esse fotógrafo. Deixa esperar. Deixa. Aprenda a conviver com o desconforto. Você e ela.

E uma hora, mágica, a pessoa desarma. Hoje, por vezes, já estou com tudo pronto pro disparo, mas continuo esperando, fingindo ajustar qualquer coisa. Cada foto numa câmera de filme é preciosa. Não quero ter pressa. Só disparo quando chega o momento sublime em que a pessoa deixa de posar. Mesmo que ela pisque o olho ou mexa a cabeça. E, nessa espera, fui eu também perdendo um pouco do medo, me desarmando. Porque acontece algo ali naquele instante, através da lente. Uma forma de verdade em que ambas nos revelamos. Eu deixo de posar de fotógrafa. E nós nos vemos. Duas mulheres.

18.

BANHISTA NA PAULISTA

"porque uma mulher boa
é uma mulher limpa
e se ela é uma mulher limpa
ela é uma mulher boa"

(ANGÉLICA FREITAS)

Numa tarde especialmente chuvosa de novembro, parei o carro num sinal da Av. Paulista com a Alameda Min. Rocha Azevedo. Ali, naquela esquina, uma mulher se banhava na enxurrada. Pelada, com cabelos em dreadlocks coloridos, idade indefinida (nem jovem nem velha), estava sentada num ponto em que a água empoçou bem no encontro do asfalto com a subida do meio-fio e formou uma piscininha rasa. A chuva torrencial despencava e a mulher se lavava embaixo dos braços, fazia concha com as mãos pra lavar os cabelos, levando também água à boca pra beber. Não havia pedestres e os motoristas nos carros desaceleravam pra observá-la. Era uma cena impressionante. Seus gestos não carregavam nem um tom exibicionista nem maluco. Não se tratava de uma performance, creio eu, nem de uma doida. Havia uma naturalidade que conferia a seu banho um ar corriqueiro. "Hora da chuva, hora do banho". E só.

Confesso que fiquei muito marcada pela cena. Passei o resto do dia pensando nela e continuo, ainda hoje, revivendo aquele

19.

momento. Percebo que foi justamente esse ar de não-excepcionalidade que me imprimiu a cena na memória. Até onde sei e pra fins da história que eu agora conto a mim mesma (e a vocês), essa mulher pode tomar seu banho todos os dias quando a chuva ali naquela esquina é forte ao ponto de empoçar a subida do meio-fio e, quem sabe também até, de afastar os pedestres. Talvez ela prefira a privacidade da Paulista deserta. Só ela e a parede de água. Quem sabe.

"há milhões, milhões de anos
pôs-se sobre duas patas
a mulher era braba e suja
braba e suja e ladrava"

Não sei se ela é moradora de rua, mas se for, imagino que o banho seja uma questão complexa, que exija estratégia. E logo entendi sua urgência higiênica diante do dilúvio – e também sua aparente indiferença à nudez pública. Pode ser que a indiferença seja seu café da manhã, almoço e janta de todos os dias. E a invisibilidade, sua roupa. Se ninguém te vê, qual o problema em ficar pelada no meio da rua? Ela estava só, tratava-se de um momento seu. Qualquer um podia ver isso. Nós não estávamos ali com ela. Ela que agora era uma mulher limpa.

"porque uma mulher braba
não é uma mulher boa
e uma mulher boa
é uma mulher limpa"

Na verdade, eu não sei se ela estava suja antes. Não sei nada sobre ela. Só vi essa cena. Mas tudo isso me fez pensar em nossa relação com a água. A água purifica pelo batismo, pelo *moksha* nas águas sagradas do Rio Ganges, pelo banho de ervas num terreiro de candomblé, pelo mergulho nas ondas de

Iemanjá. Um banho melhora a bebedeira, lava o choro, renova as energias do corpo e da mente, permite o recomeço. À entrada de templos sikhs ou hindus e também das mesquitas, fiéis lavam pés, mãos e bocas pra se prepararem pra oração. E nós, aqui no Brasil, temos uma relação particularmente indígena com a água. Banho, quanto mais, melhor. Gostamos de torneirinha pra lavar os pés quando chegamos da praia, de lavar a varanda com baldes de água, de botar as cortinas de molho.

E é compreensível, tratando-se de um país tropical. Em pouco tempo os odores começam a sobressair. Cecê, bafo, chulé. É preciso vigilância constante com a higiene pra se manter sempre cheirosa – ou ao menos minimamente apta ao convívio social. E como nossa cultura também é dada a uma proximidade física entre as pessoas que em outras partes do mundo seria desconfortável – abraços, beijos, toques –, o seu fedor também me diz respeito. É uma questão de etiqueta e norma cívica manter tudo limpinho – e sequinho, senão dá frieira, micose, seborreia e, pior, afasta as outras pessoas.

Por que isso seria diferente pra banhista da Paulista? Não sei de suas reais motivações, mas acredito que, em seu lugar, faria o mesmo. Manter-se limpa é uma forma de sanidade.

"há milhões, milhões de anos
pôs sobre duas patas
não ladra mais, é mansa
é mansa e boa e limpa" *

* *porque uma mulher boa*, aqui transcrito na íntegra, é o poema que abre *Um útero é do tamanho de um punho* (Companhia das Letras, 2017), da poeta gaúcha Angélica Freitas, e que eu tomei emprestado pra contar essa história. Obrigada, Angélica.

19.

LITERATURA É COISA DE MULHER

"A mulher precisa ter dinheiro e um teto todo dela se pretende mesmo escrever ficção."

VIRGINIA WOOLF, UM TETO TODO SEU

Em português, existem as palavras embaixadora e embaixatriz. São distintas. Embaixadora é o feminino de embaixador, ou seja, uma mulher que representa seu país em outro país, uma diplomata do escalão mais alto. Embaixatriz é o nome dado à mulher do embaixador. A primeira-dama, digamos assim. Aliás, bem assim mesmo. Tanto embaixatriz quanto primeira-dama são termos sem equivalente referência masculina. Que eu saiba, não existe um nome pro marido da embaixadora nem pro da presidenta. Chama-se essa pessoa por seu nome próprio. Afinal, não se trata de um título de nobreza transferível via casamento.

Me pus a pensar nisso motivada por escritoras que foram também casadas com escritores. Exemplos: esperava-se da poeta e contista Sylvia Plath ser, primeiramente, mulher do também poeta Ted Hughes; Martha Gellhorn, uma das correspondentes de guerra mais importantes do século 20, foi célebre por ser esposa de Ernest Hemingway. E a lista segue. Mas quantos homens são conhecidos, publicamente, por serem maridos de uma escritora? Não me lembrei de nenhum.

Literatura é terra de macho. Em 1971, em uma fala que ficou conhecida, a escritora americana Susan Sontag enquadra o escritor e machão à moda antiga, Norman Mailer, quando ele se refere a outra autora como *lady writer*. Em inglês, existe até o termo *chick lit* – literatura feita por e pra garotas –, pra sugerir que se trata de uma literatura inferior. Sontag indaga Mailer por que é preciso fazer a distinção da "mulher escritora" se a mesma distinção não é feita pros homens. Por que a palavra *writer*, sem gênero, remete necessariamente a um homem, foi sua dúvida. Por que a literatura com L maiúsculo é território masculino. E, subliminarmente, o que tanto os amedronta nas escritoras. Penso eu que o medo seja da exposição de toda a farsa e da consequente perda de privilégios. Só um chute.

Pra evitar tal exposição, é preciso que as moças entendam seus lugares ou então que caiam fora. E o esquema a ser compreendido é o seguinte: você é bem-vinda no meio literário como *groupie* (fanzoca) ou como musa, ambos papéis inofensivos e sexualizados. Assim, você permanece maravilhosa, desejada, uma mulher inteligente, letrada, que ama bons livros, mas não compete. O que de melhor pode haver nesse mundo?

Homens, segundo pesquisas, leem escritores homens que criam protagonistas masculinos que, por sua vez, são frequentemente escritores também. Respire fundo se quiser saber das estatísticas de 2013 sobre a literatura nacional. São assustadoras: 72% dos autores publicados são homens. O ambiente não só é masculino, mas branco, heterossexual, ocidental, urbano e de classe média. Aqueles e aquelas que fogem do perfil estão condenados a ocupar as prateleiras menos nobres das livrarias. E, no entanto, ocuparam também a maioria das mesas da FLIP, a Festa Literária Internacional de Paraty. É verdade. Em 2017, e pela primeira vez desde a inauguração do evento em 2003, houve mais mulheres na programação do que homens: 24 a 22.

Não estou dizendo que não haja motivos pra se comemorar, mas trata-se de uma diferença mais importante em níveis simbólicos que absolutos. Afinal, até hoje, no mundo todo, dos 111 premiados com o Nobel, apenas 13 são mulheres. No Brasil, dos 40 membros da Academia Brasileira de Letras, apenas 5 são mulheres. Rachel de Queiroz foi a primeira, em 1994, quando a instituição comemorou seu primeiro centenário. Cem anos se passaram sem que nenhuma mulher ingressasse. E no mesmo ano de 2017, uma mulher finalmente foi contemplada, pela primeira vez, com o Prêmio de Literatura do Estado de Minas Gerais, pelo conjunto da obra. A mulher: Adélia Prado.

São conquistas importantes, mas a caminhada ainda é longa e cheia de obstáculos fálicos. Dentro do tabu da mulher que escreve, por exemplo, ainda existe o tabu dos tabus, que é o romance. Mulheres podem ser jornalistas, poetas, às vezes letristas de música, até contistas, mas não romancistas. Romance, dizem, é coisa de homem.

Faço dessa crônica minha macumba textual. Que injustiças como essa se reparem com mais eficiência. Que a história não demore mais uma vida inteira pra reconhecer a grandeza de escritoras tornadas invisíveis, como Hilda Hilst – que ainda por cima escrevia literatura erótica, que audácia. Que a geração atual de autoras de ficção não seja reconhecida apenas postumamente. E que os escritores e escritoras sejam tão diversos quanto as histórias que contam e os leitores que as leem. As estantes, com certeza, serão muito mais coloridas.

20.

VAMOS FALAR SOBRE O QUE NINGUÉM QUER FALAR

Nas artes, mulheres com tesão costumam se dar mal. Sem trocadilho. Na literatura, no cinema, na música. Veja os romances do século 19, obcecados pela infidelidade. Neles, as mulheres sexualmente ativas ou morrem ou enlouquecem (e depois morrem). *Madame Bovary, Anna Karenina, O crime do padre Amaro,* a lista é longa. No filme *Ninfomaníaca,* de Lars von Trier, a personagem pratica uma miríade de atividades sexuais com dezenas de homens, mas o que fecha a tampa do caixão não são as preliminares da dupla penetração e, sim, o abandono do lar pela ninfa que, em nome do prazer, larga a família com criança e tudo pra perseguir o gozo. O que de pior uma mulher pode fazer além de abandonar a prole? Matá-la, talvez. Já quando um homem abandona a cria, nem fofoca de bairro vira mais. É vida que segue. E o que dizer da pobre e maldita Geni, do Chico Buarque? Se fu. Claro. Deu pra geral e levou pedradas e cusparadas.

Em outubro de 2016, milhares de mulheres polonesas convocaram greve geral e foram às ruas protestar contra um projeto de lei que pretendia banir o aborto. Prisão pra mulher que abortar; pro médico também. O mesmo esquema que Trump defende nos Estados Unidos. Mas essas mulheres polonesas conseguiram barrar o projeto de lei. Maravilhoso. Então, vamos pegar carona: o assunto aqui é aborto. Melhor ir avisando. Ninguém quer falar nisso. E os ânimos andam muito sensíveis. Mas eu quero falar. E apenas das gravidezes interrompidas intencionalmente. Porque o número de mulheres que você conhece pessoalmente que já fez pelo menos um aborto na vida, do qual você talvez nem saiba, é muito maior do que se imagina. E é preciso falar sobre isso. Sem tabu. Sem embaraço. Sem medo. Sobretudo sem culpa.

Vislumbremos o cenário. Primeiro você engravida inoportunamente. Aí tem a descoberta, o desespero, depois a euforia, aí a dúvida, o comunicado, a busca por informações sobre suas opções. Uma consulta à(o) médica(o), quiçá até religiosa(o). Começam os julgamentos. Falta de clareza nas informações. Uma decisão é imperativa. Contempla-se o aborto. Começa a busca por uma clínica clandestina. Logo vem o medo por não saber se ela é segura. E se é isso mesmo que você quer. E ainda tem o milagre de fazer brotar alguns mil reais em dinheiro vivo da noite pro dia. Afinal, o relógio não para. Cada dia a mais é um dia a mais. E se você não tomar nenhuma decisão, decidido estará por você. Aí volta a dúvida. Ter um filho com esse cara? Um filho agora? É mais covarde ter ou tirar? E se eu não amar a criança? Será que vou engravidar de novo na vida? Será que quero, algum dia, ter um filho? Será que vou ficar pra titia? E se eu não tirar? E se? E se? E se?

A decisão é ingrata. Você está só. Só mesmo. De qualquer lado que se olhe, perde-se algo. E no fim do dia e da vida, é você, mulher, que vai ter que conviver com os efeitos dessa decisão. Engravidar pode ser muito simples, depende da sua fertilidade. É só não evitar que ela vem. Bem, naturalmente, um cara precisa colaborar. Se a gravidez não for oportuna, me parece muito natural e humano que o mundo ao redor lhe ofereça um poço de carinho, compreensão e suporte. Que você tenha garantia de segurança, caso opte pelo término da gravidez. Que familiares e amigos apoiem sua decisão. Que a(o) médica(o) te oriente, independente da opinião pessoal dela(e). Que o estado reconheça a legitimidade dessa escolha. Que moral e religião alheias fiquem bem longe de você. Que esteja claro, límpido e transparente que nessa aventura da gravidez você não chegou ali sozinha. E que você possa conversar a respeito. Porque ninguém quer fazer um aborto. Ele é a última medida. Uma medida muito séria.

Mas sabemos que não é assim. Ainda não, pelo menos. Você é julgada. É culpada. E ainda tem enjoo. E outras pessoas grávidas e felizes em volta. E a sua gravidez é um segredo. É inoportuna. Nada está a seu favor. Porque você deu, engravidou e agora quer tirar. Tudo é culpa sua. Às vezes você também acredita que é. Mas ao mesmo tempo acha que quer tirar. Não tem certeza. Não sabe onde nem com que dinheiro. Aí de repente rola. Você decide. Arruma o dinheiro. A clínica. Faz. Porque não basta decidir. Você tem que ir lá e fazer. E dá certo. E aí?

Aí vou me permitir um pequeno devaneio e uma licença poética. Venha comigo. Vamos misturar e confundir um pouco esse cenário, real pra milhões de mulheres, a um cenário singular e também real que virou notícia. Uma menina, estuprada pelo pai, conseguiu uma autorização judicial pra realizar o aborto. E aí? Aí aparece um promotor público, *de la nada*, pra dizer que dar você quis, né, menina, mas na hora de arcar com a criança você pula fora. Porque é assim. Um homem, que

21.

não é o pai, te dizendo que o filho (que você não teve ou não vai ter) é uma punição. Porque você deu. Pra alguém. Em algum momento. Sentiu tesão. Deus que me livre. A gravidez será a punição. Filho, o castigo vivo. Será mesmo essa a mensagem por trás dos contra o aborto? Mulher que trepa é um perigo. Bem feito. Na hora de se esfregar você quis. O que você achou que ia acontecer? Taca logo um filho no colo dela pra ela sossegar em casa e não dar pra mais ninguém. E nunca se esquecer que é nisso que dá ficar dando por aí.

Não dá pra falar desse assunto de forma impessoal. Não existe impessoal aqui. Não se você é mulher. Porque a real é essa: somos nós que decidimos quando, se e como engravidaremos. E também se teremos esse filho. Isso não é uma proposta, é uma afirmação. É preciso entender essa premissa. E é vital falar dela. Falar. Falar. Falar. Falar até conseguirmos viver num mundo em que a história que contaremos é a da mulher que faz sua escolha, tem apoio familiar, respaldo da lei, orientação médica, realiza um aborto legal e de baixo risco e segue sua vida, em paz com sua decisão, sem chibata moral nas costas. É assombroso que ainda não vivamos nesse mundo. Mas não podemos perdê-lo de vista. Não sei quem será essa mulher. De quem será essa história. Mas é ela que precisamos contar daqui em diante.

21.

VOCÊ É FOFA?

Aprendi um termo novo esses dias: conformidade de gênero. Não tinha o vocabulário correto, mas a sensação, sim, claro. Há mulheres mais ou menos de acordo com o que se espera delas, assim como há homens considerados masculinos o bastante – ou não. Se sua intuição está agora te dizendo que quem tem maior conformidade de gênero só pode ser a mulher cis heterossexual, por exemplo, volte duas casas. Não necessariamente. A mulher trans pode ser muito mais lady. Conformidade de gênero, segundo aprendi, não tem a ver com orientação sexual nem com identidade de gênero, mas sim com o que se espera do comportamento social do seu gênero. Ou seja, quão feminina ou masculino é você?

Eu, com certeza, não sou muito mulherzinha assim como manda o manual das donzelas. Nunca me comportei como a mocinha que minha vó talvez gostaria que eu tivesse sido. Olho em volta e vejo outras mulheres bem mais de acordo com as normas femininas, da vestimenta ao tom de voz. Pelo menos no Brasil. Somos uma legião de mulheres atuando fora da zona (bem estreita) de comportamentos ditos apropriados. Fora disso já fica um pouco desconfortável. Meio sapatão, muito independente, pouco delicada. Personalidade demais.

22.

Preocupação de menos com a aprovação masculina. Um crime que não costuma passar impune.

Não sei você, mas eu tenho mais acessórios de acampamento do que sapatos. Mais instrumentos musicais do que bolsas. Mais livros do que qualquer outra coisa. Joguei futebol, tocava guitarra, faço fotografias. Gostava de subir nas coisas, me meter em encrenca, andar de bicicleta, patins, roubar frutas do vizinho. As brincadeiras das outras meninas de apartamento da minha geração me pareciam de um tédio inenarrável. Ser esposa, cuidar da casa, do marido, dos filhos: que saco. Eu precisava correr e criar, suar e me arriscar, igual um cachorro, pra não pirar. Me diziam que eu não tinha modos. Daí eu cresci e só piorou. Gosto de viajar sozinha. Falo palavrão. Sento de pernas abertas. Nunca fui sustentada por um cônjuge. E segundo meu mapa astral, nunca serei.

Claro que *#nãotáfácilpraninguém*, mas a vida de uma menina é diferente da de um menino. Ela é bem mais recheada de nãos e de "tem que". Não pode voltar pra casa essa hora à pé, tem que casar, não deve viajar sozinha, tem que construir família, não vai dormir lá na casa do menino, tem que deixar o marido ser o centro das atenções, não pode ficar com essa unha roída horrorosa. Mesmo desconfiadíssima desse esquema suspeito, minha vez também chegou. Hora de virar mulher. Os peitos crescem, os meninos te olham diferente, você menstrua e já pode engravidar. O "você agora já é mocinha" carrega significados múltiplos. Não pode dar pra qualquer um, mas também não pode ficar pra titia. Tem que trabalhar e correr atrás do seu, mas não demais, senão homem nenhum vai querer ficar com você. Um inferno.

Mas viajar liberta. Viajando descobri que nem sempre é assim, como é aqui. Que em alguns lugares é pior. Em muitos, aliás. Mas que em alguns também é melhor. Descobri que cada cultura tem seus próprios códigos sobre o que é ou não feminino ou masculino o bastante. Que o desajuste em um lugar pode não significar nada demais em outro. Que na Europa, por exemplo, sou tipo mulherzinha padrão latina – feminina, barroca –, algo que aqui eu jamais seria. Viajando, aqui e alhures, também conheci mulheres maravilhosas que me mostraram outros caminhos possíveis, que afirmam a existência de uma outra mulher. Uma que arrisca desrespeitar os padrões que estão aí pra agradar aos homens – e as mulheres que só pensam em agradar aos homens.

Ser mulher traz uma bagagem kármica só sua. E karma tem o que vem com a gente e o que a gente gera pra próxima vi(n)da. Eu sou sagitariana e tenho um otimismo incurável de que tudo vai melhorar. Se não na macropolítica – porque tá tudo um horror –, na micro: em mim, em você, no cotidiano, no tudão. Sei lá, acho que evolução é inevitável. Confio nisso. E que certas coisas demoram uma vida toda pra gente entender. Tenho uma tia que diz que ser mulher é um estado evolutivo e espiritual mais avançado do que ser homem. Eu acho maravilhoso ser mulher, mas não é pros fracos, não. Segundo a filosofia de darwinismo feminista dessa minha tia, se você é mulher nessa vida, é porque já veio antes como homem e já andou pra frente. Eu gosto dessa ideia. Assim, na próxima encarnação, quem sabe, poderemos ser árvores. Seremos flores. Pedras. Água. Só não seremos fofas.

22.

TONY SOPRANO E A TRADIÇÃO CRIOULA DOS EXPATRIADOS

O comediante Hasan Minhaj, correspondente do The daily show, é filho de imigrantes indianos muçulmanos. Ele é a primeira geração americana do seu clã. E numa entrevista referiu-se a si próprio como "terceiro culturista". Sua mãe e seu pai são a primeira cultura, a matriz – a Índia. A cultura americana é a segunda, a que recebe. E ele é a terceira cultura, a crioula. A soma de uma e outra, ou a mistura delas. Sua multiplicação, talvez. Enfim, gostei desse termo: "terceiro culturista". Faz tempo que pensava sobre isso. Como brasileira e, portanto, mestiça. Como descendente de terceira geração de italianos. Como integrante, em primeira geração, de uma família brasileiro-americana. Como expatriada por um tempo na Europa. Como fã de carteirinha da série *Os Sopranos*.

Me explico. *Os Sopranos*, pra quem não conhece (!), foi uma série de televisão da HBO sobre uma família da máfia ítalo-americana de New Jersey. A ancestralidade italiana é pra eles um traço identitário incontornável, determinante. Eles só se relacionam entre si, em todos os níveis relacionais, têm maneirismos próprios na fala, discutem o negócio da *famiglia* em cantinas italianas e disputam o poder com outros clãs. Em certo episódio,

Tony Soprano, o patriarca e protagonista interpretado pelo falecido James Gandolfini, vai à Itália fazer alguma transação escusa qualquer (esqueci o quê). Este é um dos grandes sonhos de muitos dessa comunidade de New Jersey da qual ele faz parte. Poucos já foram ao velho continente. São filhos da "colônia".

Tony então viaja cheio de expectativas e ilusões que, como é da natureza das ilusões, são frustradas, logo na chegada. Ele não encontra ecos com a cultura "autêntica" (digamos assim, pra fins de clareza). E pros italianos "legítimos", esses neo-italianos são grosseiros, cafonas, vulgares. Na Itália, ele não passou de um bronco mestiço e deslumbrado, um vira-lata – que, aliás, dizem ser a raça mais longeva e inteligente entre os cães. Em contrapartida, em New Jersey, ele é o cara, o chefe do crime organizado.

E nós com isso? Bem, tudo. Uma cultura quando migra, se reproduz e se multiplica, vai se acrioulando. Vai se "terceiro aculturando", pra usar o termo de Hasan Minhaj. Pra manter vivos os traços não apenas fenotípicos da matriz, mas também hábitos e costumes, é preciso cultuar e alimentar uma mitologia baseada na "original", senão tudo se perde. Pode ser através da comida, dos costumes familiares, do idioma, das vestimentas, da religião. Essa é uma angústia própria dos emigrados, a de manter acesa a tradição ancestral. Pertence a Tony, não aos italianos na Itália. Inevitavelmente, com o passar das gerações, o caminho das duas culturas se bifurca, elas se separam. Daí o desencontro que se escancara no velho mundo. Até ali, Tony e os italianos poderiam ser patrícios. Mas não o são.

Me pego pensando muito sobre isso recentemente. Sobre esse deslocamento identitário do expatriado. Sobre essa mitologia alimentada pra sustentar uma origem cultural longínqua, no

23.

tempo e no espaço. E até sobre *Os Sopranos*, tipo a melhor série de todos os tempos (não é só a minha opinião, mas no fundo não passa de mais uma). Aqui, a escrever, descubro um misto de encantamento e susto, porque ao mesmo tempo em que é evidente que somos todos "terceiro culturistas", que não existe o puro, o original, o legítimo, que a antropofagia é a lei do mundo; há tanto ódio, tanto medo do que é diferente, de tudo que soma, que pede diálogo.

Na linguística, língua viva é aquela que muda. O frescor e a inovação estão na língua crioula. Sabemos que a língua que para, morre. Como aconteceu com o latim. Português, catalão, francês, espanhol, italiano, romeno: todas elas vieram do latim, mas do latim vulgar, aquele falado pelo povo, nas ruas, pelos soldados que ocupavam os países incorporados ao Império Romano. Era a língua de geral, da ralé. Não a de César. Do latim erudito hoje restam a escrita e as missas do Vaticano. De tão puro, morreu.

Talvez por ingenuidade, talvez por burrice, mas certamente estimulada pelo sucesso que *Os Sopranos* alcançou no mundo todo, mantenho-me otimista com a humanidade. Continuo acreditando que, no fundo, Tony é irresistível pra todos nós porque nos interessa o outro. Só precisamos ter coragem pra não deixar que o medo desse outro nos tiranize.

23.

ANTONIO CANDIDO

Fui à Pinacoteca, no centro de São Paulo, visitar a exposição "No subúrbio da modernidade – Di Cavalcanti 120 anos", em comemoração ao aniversário de nascimento do pintor e fiquei inspiradíssima. Recomendo desde já uma visita e um mergulho na obra do carioca que foi uma espécie de cronista de seu tempo. Suas charges e ilustrações pra revistas foram, pra mim, a maior e mais deliciosa surpresa, pois, sem se dar conta (ou se dando conta), Di foi registrando a passagem do século 20, seus tipos e suas modas, seus políticos e suas vedetes, suas fofocas e tabus. Um deleite. Saí de lá animada e pensando no Antonio Candido.

Conheci o professor, sociólogo e crítico literário pessoalmente em 2013. Eu, minha mãe e o amigo e cronista Matthew Shirts fomos a sua casa pra um bate-papo informal e passamos uma tarde inesquecível conversando sobre literatura, História, São Paulo, contando piadas. Na época, Candido devia ter 95 anos, mas não havia nenhuma indicação física, mental e espiritual que confirmasse essa hipótese. Sua memória parecia imaculada; o olhar vivo e atento; o corpo respondia aparentemente com presteza a seu desejo de levantar e buscar tal livro ou, até, de imitar a dança de algum personagem de uma história que contava.

24.

Generoso com seu tempo, o professor nos recebeu após uma ligação da minha mãe que, na época, estudava sua correspondência com o brasilianista Richard M. Morse, já falecido, e que fora orientador, amigo e guru intelectual dela. Matthew também fora seu pupilo e amigo. Já eu o conheci criança e, na época daquela visita, traduzia alguns de seus artigos pro português, para aquele que viria a ser o livro "Cidades e Cultura Política nas Américas", lançado pela Editora UFMG. Antonio Candido topou o encontro e contou histórias suas com Morse, lembrou do amigo e deu sua bênção (pra nós, sagrada) ao projeto.

Umas duas semanas depois do lançamento do livro, passei na portaria do prédio do nonagenário, numa tarde de chuva, pra lhe deixar de presente um envelope molhado com um exemplar e um bilhetinho dentro. Dali a dois dias, em 12 de maio, Antonio Candido morreu, aos 98 anos. Eu não sabia, mas ele já estava no hospital naquela tarde de chuva e, com certeza, nunca recebeu o livro. Eu fiquei muito tocada com sua passagem – e tudo isso está relacionado com a exposição na Pinacoteca.

Di Cavalcanti, Antonio Candido e Richard Morse têm a ver com uma época mítica, com um Brasil bem diferente. Porque, como bem disse o antropólogo francês Roger Bastide, "o sociólogo que quiser compreender o Brasil não raro precisa transformar-se num poeta". E eles sabiam disso; viviam isso. Assim como o faziam Sérgio Buarque de Holanda, Gilberto Freyre, Oswald de Andrade, Tarsila do Amaral, Cartola, Noel Rosa. Algumas gerações de "poetas" brasileiros que coexistiram nessas primeiras décadas do século 20.

"O mundo do meu avô era o meu preferido (...) No mundo do meu avô a gentileza, a solidariedade e a beleza da vida são rainhas". Me lembrei desse trecho do belo texto escrito pela neta de Candido, Maria Clara Vergueiro, e publicado na *Folha de São Paulo* uma semana após sua morte. Ele não foi meu avô, mas acho que entendo o sentimento dela, pois pra mim também o mundo dele (e daquela turma) foi dos melhores. Um mundo que não parece estar mais em parte alguma.

Mas o pessimismo não me convém. E gosto de pensar que se Antonio Candido ainda estivesse entre nós, não desanimaria. Passaria a tarde na companhia dos seus, na Pinacoteca, que já é um pouquinho de saúde, um merecido descanso na loucura. Foi onde reencontrei todos os "poetas".

24.

DEVANEIOS PAULISTANOS SOBRE A CULTURA DO OLHAR

Outro dia meu padrasto americano estava em São Paulo e fomos tomar uma cerveja no bar da esquina aqui de casa. Ele comentou que gosta da maneira como as pessoas se olham em São Paulo. Que é muito diferente da forma como as pessoas se olham no interior de Minas, onde ele mora com minha mãe. Achei que faz total sentido. Sou uma entusiasta da prática de *people watching*, gosto de observar essas sutilezas, mas até então sempre as definia em termos culturais bem amplos. Brasileiros olham de um jeito, franceses de outro, americanos de outro, por aí vai. A observação dele me levou a ponderar também sobre as diferenças regionais. E no ato, no meio daquele copo de cerveja, soube que seria esse o mote pra minha próxima crônica.

Há quem fique embaraçado diante de uma encarada. Os americanos são assim. E sim, estou generalizando americanos. De modo geral, o americano médio vai sorrir e dizer alguma amenidade pra suavizar o desconforto e quebrar o silêncio que envolve a troca de olhares com um desconhecido. Dá pra ver no corpo deles a agitação. Já os franceses, também de forma grosseiramente generalizada, reagem com mais agressividade.

25.

Uma troca de olhares sustentada durante certo tempo pode ser percebida como uma afronta, uma provocação. E daí pode surgir um bate-boca. O comportamento no Brasil se aproxima mais do observado em países menos formais, muitas vezes ditos subdesenvolvidos. Onde as pessoas não têm vergonha de se olhar e onde isso não é, a princípio, um desrespeito. Na Índia é assim, no Nepal; também no Benim, na Etiópia; aqui ao lado na Bolívia, no Peru.

Talvez sejamos mais cara de pau, porque a gente olha mesmo. Olha, é flagrado olhando e não se constrange. Continua a olhar. A roupa, a bunda, a cara; presta atenção na conversa da mesa ao lado. A gente disfarça menos nossa curiosidade. Mas, seguindo a dica do meu padrasto, há, sim, distinções regionais. Tomemos São Paulo. Aqui, como em outras megacidades cosmopolitas, convivemos com pessoas muito diversas o tempo todo. Tem gente do Brasil todo, do mundo todo, pertencente a uma enormidade de tribos urbanas diferentes, o que muda o guarda-roupa, o código social, o corte de cabelo, o vocabulário, a linguagem corporal. É difícil chocar alguém em São Paulo: aqui se vê de tudo. Talvez por isso o olhar do outro pareça até meio desinteressado e blasé, porque afinal é difícil competir com aquela pessoa que desce a Augusta de madrugada vestida de Edward Mãos-de-Tesoura.

Esse anonimato que a multidão paulistana confere pode ser o desespero de muitos recém-chegados; muitos dos quais desistem da cidade justamente por essa razão. Outros se refestelam nessa liberdade. Porque ninguém te conhece, pode-se estar a só, entregue ao devaneio, à observação, lá no meio da multidão, sem patrulha. Numa cidade menor é o contrário: há sempre alguém conhecido; essa delícia do anonimato parece intangível.

Penso que pode ser esse olhar "vigilante" do interior a que meu padrasto se referia. Ele, que é gringo no país e na cidade, embora já esteja no Brasil faz tempo, sente esse olhar que é curioso e, ao mesmo tempo, espia. É o que acho.

Sampa é uma cidade gigantesca e organizada em bolsões regionais e culturais, agrupada em comunidades. Essa cidade só é possível porque reiteramos um acordo tácito de conviver nesse espaço. E aqui dentro também o olhar varia de bairro pra bairro. Na Vila Madalena, onde morei nos últimos cinco anos, durante os dias de semana a onda é hipster/cool. Cada pessoa transmite mensagens muito específicas com suas roupas, tatuagens, piercings, bicicletas e bigodes. Ocorre uma troca de olhares muito afirmativa de sua identidade, muito diferente da que se nota na Av. Paulista no fim da tarde, quando saem dos edifícios comerciais batalhões de homens de terno e mulheres de tailleurs. Esse é um olhar apressado; o span de atenção dura um segundo.

Ambos, por sua vez, nada têm a ver com o do Bixiga, pra onde estou me mudando. Ali ainda tem uma pegada de interior apesar de estar bem na região central da cidade, na muvuca. Churrasquinho na esquina, crianças em bando, pelada de rua, todo tipo de ofício e pequeno comércio, restaurantes com comida boa e barata, casinhas operárias, e o olhar familiar, comunitário. Lembra Minas.

25.

CRIANÇAS MIMADAS, ADULTOS TIRANOS

Minha irmã andava chegando em casa chateada. Cabisbaixa e evasiva, não queria mais ir à aula. A escola tinha se transformado num sofrimento diário, e minha mãe percebeu. Ela confessou que, de fato, havia uma menina infernizando sua vida no jardim de infância: Lorelei, a tirana do parquinho. Com uma capanga a tiracolo, tentava oprimir e humilhar aquela garotinha de cabelos negros e sobrancelhas espessas com as armas de que dispunha: intimidação, ofensas verbais, emboscadas. Minha irmã, nada combativa, uma criança introspectiva e tímida, sofria em silêncio. Minha mãe compartilhou sua apreensão com minha tia, contemplando possibilidades, desde mudá-la de escola a conversar com a professora.

Mas alguém entreouviu a conversa e teve outro plano. Minha prima, da mesma idade de minha irmã, interrompeu as duas: “deixa comigo que vou resolver essa parada”. As mães toparam. No dia seguinte, a prima indômita e topetuda (e tão alta quanto a Lorelei) prensou a tirana e sua capanga num canto na hora do recreio e sentenciou: “se vocês não deixarem minha prima em paz vão se ver comigo”. E pronto. Problema solucionado. Elas recuaram, minha irmã foi deixada em paz e, melhor de tudo, não foi necessária a interferência de nenhum adulto.

26.

A escola, como a turma que brinca na rua, é um microcosmo do mundo adulto, do mundo todo. Um lugar ou um grupo como qualquer outro e que, portanto, tem suas regras de funcionamento e aplicação internas – e suas crueldades particulares. O que acontece ali diz respeito a seus integrantes e é tão duro quanto o que nos espera pela vida afora. E pra que as crianças cresçam pra se transformar em adultos autônomos e capazes de viver em comunidade, precisam ir praticando cidadania, coexistência, negociação, discernimento, resolução de conflitos e solução de problemas na medida que sua maturidade emocional permitir. E as mães precisam se conter e não entrar em resgate dos filhotes ao primeiro sinal de infortúnio.

Há sofrimento na vida. Não há como se separar disso. E por mais que o instinto materno possa urrar dentro do peito querendo privar a cria de todo e qualquer mal, não há remédio. Seu filho também vai sofrer nessa vida, como todos nós. E mimá-lo será um desserviço a ele. Se for blindado de desgostos e frustrações, se alguém sempre vier em sua defesa sanar suas desavenças, ele tem grandes chances de virar um adulto mimado e bocó ou um adulto mimado e tirano – e esses são os piores. Ao contrário da criança birrenta, o adulto que esperneia não está atravessando uma fase que passa – esse comportamento vira um traço de seu caráter. Então o negócio é trabalhar a mola emocional desde cedo.

Em Minas, onde cresci, o bando de crianças que brincava na rua era um mundo em si. Ninguém levava as questões dali pra casa, pros pais. Se alguém tinha um problema com outrem, melhor era conversar ou brigar ou beijar, enfim, o que fosse preciso, mas sem adultos. Machucados eram escondidos, lágrimas secadas e desavenças disfarçadas. Ou assim pensávamos.

Vai ver que as mães sacavam tudo, apesar da dissimulação. Só sei que nunca, em toda minha infância, minha mãe interveio em algum problema que tive com alguém na escola, na rua, no prédio, na praia durante as férias.

Porque isso de chamar os pais pra resolver seus pepinos não se faz, todo mundo sabe disso. É uma questão de honra, uma maneira de se fazer as coisas. Na minha escola, uma criança cuja mãe ou pai interferisse em sua dinâmica social estaria condenada à zombaria massacrante dos colegas pelo resto de seus dias escolares. Sua reputação ficaria arruinada e ela seria considerada, com razão, uma "filhinha de mamãe". Não sei hoje, já que os tempos mudaram; e também os pais e filhos. Nem posso imaginar como crianças de agora briguem por snapchat – a tela que evita o tête-à-tête e permite que a covardia se torne um traço ordinário do caráter. O indesejado é deletado e pronto.

O que sei é que quanto mais penso nisso, mais me convenço de que a roda comunal, a conversa de igual pra igual na família, no trabalho, no teatro, na escola é a melhor resposta ao bullying, à covardia, aos haters da internet, à polarização sem diálogo que vivemos hoje. É imperativo ver e sentir a outra pessoa na sua frente: ouvi-la, tentar entender seus motivos, se colocar em seu lugar. Olhos nos olhos, e colocando o seu na reta. E reitero: é preciso começar cedo. Pode sair briga, choro e até uns tapas, e tudo bem – isso também é diálogo. A roda, quando toda a tribo se senta e todos se olham nos olhos, é uma aposta no amor; é um "sim" num mar de "nãos".

26.

TECNOLOGIA E TECNOFOBIA

No mundo do consumo de tecnologia, existe a expressão *early adopters*. Ela se refere àqueles pioneiros no consumo, os que aderem cedo às novidades. Os que querem ser os primeiros a ter o novo modelo de smartphone ou videogame, os que encomendaram os óculos do Google, os que sempre conhecem os novos aplicativos e softwares que surgiram pra solucionar problemas que você não tinha. Os *early adopters* muitas vezes antecipam o hype e contribuem pra que ele exista, mas também cometem seus erros e aderem a modinhas que não pegam. Eles sofrem com tecnologias ultrapassadas e são nostálgicos do futuro tecnológico que não chegarão a viver, só de imaginar a quantidade de brinquedinhos eletrônicos que não chegarão a conhecer, pois serão inventados depois de seu tempo de vida terrena. Pois é, eu não sou uma dessas pessoas. Sou uma *late adopter*, uma adepta tardia, desconfiada; e, em alguns casos até, uma *no adopter*.

Meu conhecimento de videogames ficou estacionado em meados dos anos 90, e mesmo assim nunca gostei muito daquilo. Só de pinball, que nem sei se qualifica como um game mais. No início dos anos 2000, quando surgiu o Orkut, durei poucos meses na rede. Coisinha mais chata. Depois veio o Facebook, ao qual eu demorei uns bons anos a me render. E quando o fiz, não sabia muito bem que uso fazer daquilo. Não via ninguém ao meu redor que, como eu, apagasse pessoas ao invés de adicioná-las. Eu era, visivelmente, uma usuária equivocada. O Twitter não colou comigo, nem nenhuma dessas outras coisas mais jovens que eu nem conheço, pra falar a verdade, como o Snapchat, o Telegram. O Instagram? Me convenceram a baixar faz pouquíssimo tempo, mas não me lembro de usá-lo. Já o LinkedIn me pareceu útil uma época, pra fins empregatícios, mas também o abandonei por negligência.

Quando os smartphones se proliferaram, vi que não haveria saída. Adquiri meu primeiro em 2010 e três meses depois ele foi roubado. Daí ganhei outro, que também foi roubado em menos de dois meses. Me dei por vencida e fiquei um tempo sem telefone algum antes de voltar ao velho e bom Nokia lanterninha, a *horcrux* dos celulares (referência Harry Potter). Ele nunca estraga, a bateria é semi-eterna e ninguém vai te roubar. Um imortal. E o melhor: tem o jogo da cobrinha. Voltei a ser feliz só podendo checar e-mails de casa, sem ter que dar retorno sobre prazos do trabalho às 22h de uma sexta-feira, incapaz de postar qualquer coisa que fosse, nem tirar fotos ou dar check-in em parte alguma. Não havia cobrança nem expectativa quanto a minha velocidade de resposta e passei a ser considerada meio café com leite. As pessoas riam da minha resistência à modernidade, mas a verdade é que eu era mais relaxada sem aquela inhaca apitando a cada minuto no bolso e, uma surpresa, minha memória melhorou.

O aumento substancial de estímulos sonoros e visuais aliado à possibilidade de se googlar toda e qualquer dúvida não são, na minha opinião, aliados da inteligência e de sua irmã, a contemplação. A pessoa entra em colapso por sobrecarga. Passei a fazer o que fosse do mundo virtual apenas quando estivesse diante do computador e, assim, eu e meu Nokia lanterninha fomos felizes e apaixonados por um ano e meio. Escrevi muito nessa época.

Enquanto isso, o mundo urgia em altíssima velocidade; São Paulo nem se fale.

Mas em 2013 não teve jeito. A Tim não me aguentava mais. Minha conta mensal era de 12 reais e eles começaram a me ligar sem parar pra oferecer pacotes incríveis de 3G. Um dia, de saco cheio, respondi: "não precisa me oferecer esses pacotes porque meu celular não tem 3G, eu não preciso desse serviço, obrigada, estou muito feliz só com torpedos". Dois dias depois, nova ligação da operadora me oferecendo um Samsung bem simples de graça, mais seis meses de um pacote de dados gratuitos. Aceitei. O celular era tão ruim e o pacote de dados tão lento que eu continuava praticamente na mesma – não conseguia fazer nada com a combinação daquele aparelho de plástico com o sinal horroroso da operadora que, na época, não pegava nem dentro da minha casa. Mas o aparelho tinha uma câmera, dava pra ouvir música e, em caso de urgência urgentíssima, poderia checar meu velho e bom e-mail.

Nosso romance também durou cerca de um ano e meio e somente nos últimos três anos voltei a ter um smartphone realmente inteligente. Diante de tais invasões bárbaras da tecnologia, foi preciso reagir com vigor pra não ser engolida pela internet. Resolvi largar o Facebook. Passei um ano fora da rede – e de tantas outras coisas pras quais as pessoas não lembravam mais de me convidar, como lançamentos de livros, festas, shows e aniversários. Só fora do FB você se dá conta do quanto ele guia e organiza a vida de todo mundo, e também de quanto do seu tempo diário é passado ali. Vivi meses gostosos e muito produtivos, e deixei de ter aquelas palpitações esquisitas que nos acometem quando descemos a barra de rolagem da timeline e assistimos ao show de horrores cotidiano que é ser exposto à opinião de todo mundo sobre todos os assuntos. Cruz credo.

No entanto, não consegui sustentar a ausência, sobretudo porque o FB se autoprojetou de tal maneira em nossa vida que se tornou indispensável ao trabalho, e me vi impelida a retornar. E foi bom também. Segui conectada com moderação. Agora, há um mês, um presente das deusas: circunstâncias muito favoráveis a um sumiço da rede por um tempo. Não sei ainda por quanto tempo. Voltei a praticar o gênero epistolar e-mail/carta, tenho muito mais contato direto (mesmo que virtual) com pessoas específicas, não conheço os memes da semana, sou a última a saber das novidades e, sim, sou esquecida de eventos. E nos momentos mais utópicos, me permito sonhar com o saudoso Nokia lanterninha. Quem sabe um dia...

KARMA-COLA

Entregar-se para vencer é o título de uma crônica que escrevi há tempos. A frase não é minha. Tirei-a do livro *Shantaram*, de Gregory David Roberts, que lia na época. Foi pouco antes de ir à Índia pela primeira vez. Três viagens depois, me lembrei dessa crônica. Porque a resistência vem me parecendo uma força inútil e, lá, entregar-se é um ato de sobrevivência. A cada vez que volto ao país, essa frase ganha mais corpo e se transforma numa espécie de fé.

Não vou aqui ficar fazendo pregações sobre a cultura espiritual indiana. Sim, a espiritualidade está por toda parte, sagrado e profano tudo junto e misturado, e isso é maravilhoso em muitos momentos, mas o *karma-cola* não é meu forte. Aprendi essa expressão por lá. É o produto nacional vendido na Índia à classe média e alta do Ocidente que vai pro Oriente em busca de cura, sentido pra vida, respostas, uma pílula da felicidade em forma de guru. A Coca-Cola do karma. Como o gringo que vem pro Brasil e quer virar mestre de capoeira, craque de futebol ou passista da Mangueira. Oferta e procura. Se é isso que você busca, vai aparecer alguém vendendo. Pelo preço que for. E, de fato, o *karma-cola* não é uma mentira. É só olhar pro lado em qualquer viela de Mumbai, de Delhi, de Varanasi. Nas portas das casas. As imagens sagradas, as *swastikas*, as *tikkas* nas testas; elas estão por toda parte. Assim como as mesquitas, os templos sikhs, hindus, jainistas, os nomes de grande parte da população: Durga, Puja, Siddharth, Mohammed, Krishna, Pema, Kala, Vishnu. O que fazem é embalar tudo isso pra presente do jeito que nós, ocidentais, gostamos de comprar e customizar ao gosto do cliente pra, obviamente, faturar em cima. Assim como no Rio, levam-se os turistas pra passear de jipe nas favelas. Todo mundo tentando ganhar dinheiro de algum jeito. Vendendo sonhos.

A Índia me pega mesmo pelo dia a dia; uma correnteza humana de 1,2 bilhões de pessoas convivendo. Pra experimentar o que eu acho que aquela terra oferece de melhor, não precisa seguir guru nem comprar roupa colorida, incenso ou tapete de yoga. É só ir ao mercado. São tantos estímulos. O caos. O trânsito. As negociações. A impossibilidade de uma resposta direta. Os convites pra tomar chá. A quantidade de gente. As roupas; nossa, as roupas! As cores. Os cheiros. As comidas. As frituras. Os condimentos. As buzinas incessantes. Animais. Mercados. Crianças. As balançadas de cabeça. Os diferentes tons de pele. Os *piercings* no nariz. Os anéis nos dedos dos pés. As marcações coloridas na testa, entre os olhos, mas também na altura da linha do cabelo. As tornozeleiras. Os saris. As kurtas. Gente, gente, gente pra todo lado. As vacas, bicicletas, ônibus, carros, caminhões, tuk-tuks e pedestres, todos juntos na rua, num caos harmônico, num balé da muvuca, tudo confuso, mas surpreendentemente calmo. Considerando o número de pessoas todas juntas, a qualquer momento, em qualquer lugar de uma cidade, a coreografia dos movimentos e o número reduzido de acidentes e desentendimentos entre motoristas, ambulantes e cachorros é de uma organicidade que nós, aqui no Brasil, estamos perdendo.

Porque a gente passou a achar muito chique ser como os americanos, que por sua vez são filhotes europeus. Mas se pensarmos bem, na verdade verdadeira mesmo, a maioria absoluta da população mundial (inclusive no Brasil) vive em alguma variação aproximada do que se vive na Índia. Somos bichos parecidos. Menos formais; mais passionais: seja você rico ou pobre. E o que nos aproxima, penso eu, é uma forma de amor dedicada às ações do cotidiano. Ainda não viramos robôs, nos enxergamos. E aos meus olhos, existe mais sabedoria nessa acomodação e rearranjo permanente dos desejos ordenada pelos afetos que na imposição de linhas duras e inflexíveis em torno das quais uma sociedade mais cartesiana se organiza.

Não precisa nem ir à Índia pra se lembrar disso. Temos essa sabedoria atávica em nós. É só sair da bolha. Desligar a Globo. Confiar na multidão. Soltar o corpo na correnteza. Cultuar a festa, a nossa versão local do *karma-cola*: pular o carnaval.

AGRADECIMENTOS

a Antonio Martins Brasil, pela confiança e aposta;

a André Resende, pelo apoio e incentivo;

a Ulisses Belleigoli, pela parceria fraterna e incondicional;

a Letícia Coura, esse olho d'água de alegria, pelo entusiasmo inabalável com o ofício e com a vida;

a Zé Celso e todos do Teatro Oficina, pela fonte inesgotável de inspiração. Evoé.

Este livro foi composto em Alegreya e Source Sans
Pro e impresso em papel Avena 70g na Gráfica Viena
em abril de 2018. O golpe continua e a felicidade
guerreira não para de crescer.